七十二候ノ国の後宮男装妃

女装皇太子ともふもふ達と力を合わせて後宮の事件を解決します

江本マシメサ

ポプラ文庫ピュアフル

目次 もくじ

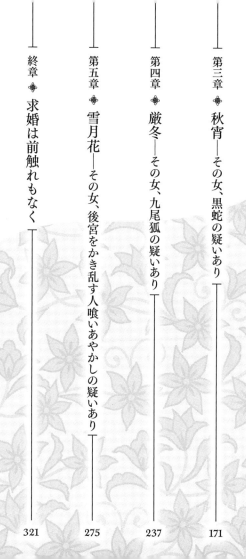

七十二候ノ国の《しちじゅうにこうのこくの》後宮男装妃《こうきゅうだんそうひ》

女装皇太子ともふもふ達と力を合わせて後宮の事件を解決します

江本マシメサ
Mashimesa Emoto

ポプラ文庫ピュアフル

序章 ◆ 訪問は突然に

『七十二候ノ国《しちじゅうにこうのこく》』の辺境の村で守銭奴道士《しゅせんどうし》と囁かれる者がいた。

それが私、陽紫苑《ようしおん》である。

金さえ出せばどんなあやかしでも退治することから、そう呼ばれるようになった。

男装し、物怖じしないため年若い男からの評判はとことん悪かった。

一方で、女性は年齢を問わず親切でいつも面倒を見てくれる。村の女性ばかりではなく、よそからやってきた女性も優しく接してくれた。なんでも、私の姿形は恋物語に登場する優男に似ているらしい。

旅で立ち寄った豪族の姫君は、私をこう評した。

――彼女の長い髪は、闇を溶かして美しく紡いだ紫紺《しこん》の如く。清潔な上衣に火熨斗《ひのし》の利いた袴《はかま》を穿いた、これほどの美丈夫は、帝都へ行ったとしても出逢えないであろう。精悍《せいかん》で端整な容貌を持つ男装の麗人だ――と。

そんな私は今年で二十歳となるひとり身だ。それも無理はない。通常、結婚相手は父親が決めるけれども、父は私が十三のときに流行病で亡くなった。父だけではなく、母も同じ病気で儚くなった。

家族の中でひとり、私だけが生き残ったのである。

親戚のいない私を助けてくれたのは、物置部屋に封じられていたあやかし、化け猫の金華猫《きんかびょう》とその眷属《けんぞく》である赤犬、非常食ことひーちゃん。

彼女らは私が日銭を稼げるよう、あやかしの倒し方を伝授してくれた。

それからは村で悪さするあやかしを討伐し報酬を得ていたが、年頃にもなれば結婚しないのかという話も浮上する。

ただ、私は村の女達のように男に頼らずとも生きていけたし、男達も私に近づこうとしなかった。

男達がなぜ、私に近寄らなかったのか。それは男の恰好をしているから。

陽家の女は物心ついた頃から男装するように言われていた。

その理由は十八になったら教えてやろうと父は話していたが――話を聞く前に父は亡くなってしまう。

それでも私は男装をやめなかった。女性のひとり暮らしはなにかと面倒事を引き寄せるため、男装は私を守る盾でもあるのだ。

母親は小柄な女性《ひと》だったが、その娘たる私は背が高い父親に似たのか、ぐんぐん背が伸びた。気がつけば村の男性達の一般的な身長をはるかに超え、遠目に見たら男のような図体だとまで言われるようになる。それでけっこう。大きな体は男達を萎縮《いしゅく》させるので、ひとりで生きていくのには都合がよかった。

家族の死から早くも七年、私は今もあやかし退治で日銭を稼いでいる。

今宵も畑を荒らすあやかし――ではなく、害獣アライグマの駆除に勤しむ。

収穫間際のキャベツを化け狸《だぬき》が喰らっているという話だったが、調査したところ、実際に畑を荒らしているのは山からおりてきたアライグマだったのだ。

あやかし退治ではなかったので、脱力してしまう。

「どうしてこうなったのか……！」

明け方、薄紅色の梅の花が咲く道で重たい足を引きずりながら、ぼそりとぼやいてしまった。一歩前を行く金華猫が「本当に」と返す。さらに前を走るのは、ひーちゃん。朝の散歩気分のようで、ただ一匹、楽しそうだ。

私の足取りが重たい理由は受け取った報酬のほかに、偶然通りかかっただけなのに、犯人だとまちがわれた化け狸を抱いているから。化け狸自身は悪さをしていなかったため、退治できなかったのだ。

人々に囲まれて怯えていたので、こうして連れて帰るハメになったわけである。

「お金にはならなかったし、最悪」

「あら、紫苑。すてきな報酬をいただいたじゃない？」

「この、カゴいっぱいの干し柿が？」

「ええ、そう。お酒に漬けたらきっとおいしいわ」

今日の報酬は干し柿。金に余裕がない村人は野菜や果物などの現物で支払うのだ。

個人的には金がいいと思うものの、どうか頼むと頭をさげられたら強く言えない。私は紛うかたなき守銭奴であったが、徹底できていないのが現実だ。

これまでの仕事で得た報酬の三分の一は食材だった。大量の野菜や果物は、ひとり身の私だけでは消費できないため、全部酒に漬けている。私は嗜《たしな》む程度だが、金華猫は酒が大好物。現物支給があるたびに大喜びしていた。

金華猫は金を得ても食料を買うのだからいいだろうと言うが、いかんせん量が多い。それに、食材は自分の目で選びたいのだ。だから、金がいい。

そんなことばかり口にしているので、男どもから守銭奴道士などと陰口を叩かれるのだろう。完全に自業自得であった。

「それはそうと、紫苑。その毛玉……じゃなくて、化け狸はどうするの？　そっちもお酒に漬けちゃう？」

「ヒ、ヒイイ、ご勘弁をー！」

「ちょっと金華猫、いじわるを言わないで」

金華猫の言葉に化け狸はガクブルと震える。ふわふわの毛並みを優しく撫でて落ち着かせた。

「よしよし、怯えて可哀想に」

「人里に迷い込むまぬけに、同情の余地はないわ」

「それは、そうかもしれないけれど」

先を駆けていたひーちゃんが振り返り、早く来いとばかりに尻尾をぶんぶん振っている。

眩いばかりの朝日を浴びながら、ひーちゃん目がけて走った。

村の外れまでやってくると、我が家が見えてくる。築百年ほどの古い平屋建ての家屋だ。

強い風が吹いたら壊れそうなくらいのおんぼろな家で、近所の子ども達からは化け物屋敷と呼ばれていた。失礼な話である。ただ、あやかしである金華猫やひーちゃんが住んでいるので、その名にまちがいはない。

なぜ家が村外れにあるのかというと、陽家が代々、家業として染め物を営んでいたから。染料を焚く際に出る煙が常にもくもくと漂うので、村から距離を置いて建てたらしい。だが、染め物家業も流行病が蔓延して続けられなくなった。そうこうしているうちに近隣に染め物工場が建ち、商売にならなくなったのだ。

そんな感じで私は継承した技術を生かせず、あやかし退治で日銭を得ているというわけだった。

帰宅早々、私達は化け狸を囲む。金華猫が睨むのですっかり萎縮していた。ひーちゃんは遊びたいのか、うずうずしている。飛びかからないよう念のため体を押さえておく。

なにかを主張する気配がないので、質問を投げかけてみる。

「あなた、これからどうしたい？」

「わ、私、ですか⁉　えっと、その、うううっ……！」

「はっきりしない子ね！　元の棲《す》み処《か》に帰りたいとか、家族と合流したいとか、療養したいとか、いろいろあるでしょうが！」

一方的に責められ、気の毒に思う。口を挟もうとしたら、金華猫に「シャー！」と威嚇《いかく》されてしまった。

「ないんです」

「なんですって？」

「い、行く当てもなく、彷徨《さまよ》っていただけ、なんです。で、ですので、これから、どうすればいいものか……」

「だったら、うちの子になりなよ。このとおり、あやかしの仲間達もいるし」

かつての私もひとりぼっちだった。ならば一緒に暮らそうではないか。そう思って誘ってみる。

「ちょっと紫苑！　なにを考えているの!?」

「なにも。ただ、今日みたいに悪いあやかしと勘ちがいされるのは可哀想でしょう？」

一般的に悪の象徴とされるあやかしであるが、金華猫やひーちゃんのように人々と共生できる者もいる。

だから私は、あやかしの善悪を見極めてから退治しているのだ。

この化け狸は悪さをしない善きあやかしなのかもしれない。人から悪だと決めつけられ、害されるのは気の毒だ。

家族が死んでひとりぼっちだった私を助けてくれたのは、あやかしである金華猫やひーちゃんだった。私も同じように、困っているあやかしがいたら救ってあげたい。

そんなわけで、化け狸こと小鈴《こりん》は私達の仲間となった。


季節は巡る。寒さの厳しい冬から、やわらかな風が吹く春へと移り変わっていった。

今日も今日とてあやかしを退治し、帰宅する。

あやかしは夜に活動が盛んになるので、仕事終わりはどうしても夜明け前だ。そして報酬を受け取るのも早朝。今朝は珍しく、まともに金を得た。

依頼主は村長の息子で、内容は毎晩のように金縛りに遭うというものだった。

寝ずの番をして村長の息子の様子を見守っていたら、夜更けにあやかしが姿を現す。

それは巨大な岩のあやかしであった。軽やかに登場したかと思えば、のっそりと村長の息子の体にのしかかったのである。

そんなあやかしを、呪符を用いて退治した。

あやかしの正体は怨念だった。

正しく言えば――村長の息子が孕《はら》ませた挙げ句責任を取らず突き放した結果、母子ども川に身投げした女の怨みがあやかしと化した存在《もの》。

悪行を働いたら、かならず自分に返ってくる。そんな考えのもとで生きているので「それみたことか」と本人を前に口にしてしまった。

見目がよく実家は財があり、色事を好む村長の息子は、とにかく女遊びが酷いことで有名だった。いつかなにかやらかすだろうと確信していたが、大きなしっぺ返しを食ったわけである。

これを機に本気で心を入れ替えてほしい。村長から報酬金を受け取りながら思ったのだった。

報酬を得て帰ったあとは、お楽しみの時間である。

私室の床にあぐらをかいて、床下収納を開く。そこには大きな壺が収められている。中に隠されているのは、私が持つ全財産。

壺を引きあげ、中をひっくり返した。七年間貯めた金が山となる。

積みあがった硬貨を前に、思わず熱いため息が零れる。コツコツと増やした、大事な金だ。見つめるだけで愛しさがこみあげてくる。

一枚一枚丁寧に数え、再び壺に戻した。隠し収納に収め、壺の蓋をする。

ふー、と安堵しているところに、小鈴の控えめな声が聞こえた。

「紫苑様、お客様です」

「客?」

朝からいったい誰が来たというのか。村人達は朝から夕方まで働いているので、依頼にやってくるのはだいたい夜だ。朝から訪れる者はこれまで皆無である。

「誰?」

「仙女のように、お美しい女性です」

「仙女ねえ」

七十二候ノ国には蓬莱《ほうらい》という神山に、仙女が棲んでいる。なんでも国に四季をもたらす神聖な存在らしい。その姿を見た者はいないようだが、どの仙女も絶世の美人だという。

ただそれはこの世に伝わる神話のようなもので、親が子どもを寝かしつける際に話す作り話だと個人的には思っていた。

「美人の訪問者か。面倒事じゃなければいいけれど」

上着の皺を引き伸ばしながら、玄関先に待たせているという美人のもとへ急いだ。

引き戸を開けた先にいたのは、可憐な桃の花を思わせる美少女。

年の頃は十七か十八くらいか。白磁《はくじ》のような白い肌に、ぱっちりとした愛らしい瞳、スッと伸びた鼻筋に、さくらんぼのように艶やかな唇——紛うかたなき美少女だ。

牡丹《ぼたん》が刺繡《ししゅう》された美しい上衣に帯を巻き、薄布を何枚も重ねて作った筒状の下衣をまとっていた。長い髪の半分を輪っかのようにして結い、半分は流している。桃の花があしらわれた髪飾りがよく似合う、この辺ではまず見かけないあか抜けた少女であった。

あまりの美しさに、しばし言葉を失ってしまう。

美少女は眉尻をさげ、少し困ったように言った。

「ここは、陽紫苑様のお住まいでしょうか?」

声は思っていたよりも低い。けれども、凛としていて美しい声である。

「そうだけれど」

「あなた様が陽紫苑様でしょうか?」

「え、ああ、うん」

私が情けなくしどろもどろに返す様子が面白かったのか、娘は目を細める。冬景色の中に桃の花が満開になるような、艶やかな微笑みであった。

「よかった。わたくしはあなた様にお会いしたく、帝都からはるばる参った者です」

　ここで、ハッと我に返る。あまりの美しさに見とれてしまっていたようだ。帝都からやってきたと聞いたら、ただ事ではないだろうと想像はつく。夢心地も一瞬であった。見た目に惑わされてはいけない。初対面の相手だ。しっかり警戒しなくては。

「どうぞ、話は中で」

「お邪魔いたします」

　入る前に、拱手礼《きょうしゅれい》――片方の手で拳を作り、もう片方の手で覆うという形を取って目を伏せる。これは武器など持っていないのであなたを攻撃しない、という意思の表れであった。私が同じように返すと、会釈して中へ入ってくる。

　美少女の一挙手一投足は、洗練されていて品があった。どこの姫君がやってきたというのか。よくよく周囲を見てみたら、美少女は背後にひとり女官を侍らせている。遠く離れた場所にはお付きがいて、信じがたいほどの豪奢《ごうしゃ》な馬車も停まっていた。本当に彼女はどこぞの姫なのかもしれない。戦々恐々としながら中へと案内する。

　ボロ屋敷に客間なんぞない。迷わず食堂兼居間へと誘った。食卓と椅子だけの殺風景すぎる部屋で、美少女に椅子を勧める。女官は壁際に立ち、気配を消していた。
　十五、六歳くらいの少女に化けた小鈴が茶を持ってくる。手が震えているのに気づいた。どうやら客人である美少女を恐れている模様。
　たしかに恐れ戦《おのの》くほどの美しい少女ではあるが。

さがっていいと言うと、小鈴は早足で部屋から出ていった。極度の緊張から解放されたからか、化けの一部が解け、尻尾が見えている状態だった。

客人である娘は目を伏せていたので、気づいていないだろう。危なかったと内心ため息をつく。

茶をどうぞと勧めると、背後に控えていた女官がやってきて湯呑みを手に取り、じっと見つめる。そのあと口に含んだ。首を傾げていたら、美少女が説明してくれた。

「申し訳ありません、毒見です」

「あ、ああ、そうですか」

突然なにかと思ったが、毒の混入を警戒していたようだ。

安全が確認できたようで、美少女は茶をひと口啜り「おいしいです」と品よく感想を述べた。茶は庭に生えていたオオバコ——つまり雑草を煎じて作ったものである。残念ながら、守銭奴の我が家には雑草茶しかなかった。もう何年も、店で売っているような茶は飲んでいない。

本当に満足しているわけではないだろう。こちらのもてなす気持ちを受け取ってくれたのだ。

美少女をまじまじと観察する。茶を飲む仕草やそっと湯呑みを置く指先まで美しい。白魚のような指の持ち主であるため、彼女は多くの使用人がいるような屋敷に住む姫君にちがいない。一日中働いて日焼けしている村の娘達とはなにもかも異なる。

いったいどこの誰なのか。視線で自己紹介を促す。すると女官から扇を受け取り、口元を隠しながら優雅に話し始める。

「申し遅れました。わたくしは七十二候ノ国の皇太子、月天子《がってんし》と申します」

「は？」

「どうぞ、お見知りおきを」

一瞬、息が止まった。それだけではない。今も尚、どくん、どくんと心臓が妙な感じに脈打つ。

目の前にいる美少女が、皇太子殿下だって？

なにかの聞きちがいではないのか。今、彼女……いいや、彼ははっきりと、自らが七十二候ノ国の皇太子だと名乗った。脳内の処理が追いつかない。まちがいがないかたしかめるように、聞いた言葉を口にする。

「あなたは、七十二候ノ国の未来の皇帝たる皇太子殿下、月天子様、なん、ですか？」

「はい」

皇太子についての噂は、辺境のこの地にも届いていた。

人徳に学問、礼儀、さらに気品を兼ね備えた四君子《しくんし》と名高く、なんでも梅の花のように高潔で、蘭の花のように優雅、竹のようにまっすぐな忠義を持ち、菊のように高尚な人物だという。

大げさな褒め言葉だと思っていたが、本人を前にしたらそうとは言えない。どれもふさわしいように思えるから不思議だ。

そんなことよりも、問題は皇太子の恰好だった。なぜか女装していて、それが大変似合っているのがなんとも妙である。

目の前の美少女が男だなんて信じがたい。

たしかに声は低かった。けれども、女性と言っても十分通じるような中性的な美声である。背は女性にしては高いほうだが、私よりは低い。そのため違和感を覚えなかったのだろう。

高貴な御方なのでまじまじ見つめられない。だが、圧倒的な存在感を前に目が離せなくなっている。男だと聞かされても、口元を扇で隠していても、美少女にしか見えない。

「あの、質問しても、よろしいでしょうか?」

「かしこまったような言葉遣いは必要ございません。なぜならば——」

扇をずらして口元を見せる。さくらんぼのような艶を放つ唇がしなった弓のような弧を描いた。そこに指先が添えられる。

今は言えない、と示したかったのか。

背筋がぞくりと震える。なんという色気。朝露を含んだ開きかけの花のような、未完成の美しさに鳥肌が立つ。

再び、口元は扇で隠された。これだけの動作をするために見せたようだ。ドキン、ドキンと、胸が早鐘を打っている。

「紫苑様、どうかなさいましたか？」

「いえ……」

敬語は使うなと言うが、皇太子相手に気軽な口調で話しかけられるわけがない。それに相手が丁寧な喋りなのに、私だけざっくばらんに話すなどできなかった。

「あなた様が恐れ謹む態度をしていると、わたくしがただ者ではないと露見してしまいます。ですので、かしこまらないでくださいませ。ほかにも理由があるのですが、それはまた今度お話しします。ご理解いただくのは難しいかと思いますが、わたくしを助けると思って、どうかお願いいたします」

そこまで言われてしまうと、ぐうの音も出ない。きっとこれはお願いではなく、命令なのだろう。こうなったら腹を括るしかないようだ。

気を取り直して質問する。

「それでその、月天子様」

「月天子、で問題ありません」

問題しかないのだが……。だったら「月天子さん」と呼びかけても、首を横に振る。呼び捨て以外、許さないようだ。

「えー、では、月天子、どうしてそのような恰好を？」

「特技です」

「女装が？」

「いいえ。女装ではなく、変装です」

目を細め、花が綻ぶような微笑みを浮かべながら月天子は言う。

「特技が変装。なんというか、特殊な……いや、こんな恰好をしている私が言うのもなんだけれど」

なぜ?と聞けない空気だったので、そのまま流す。

「わたくしはしばらく変装した状態でおりますので。この姿のときは、どうか月子《つきこ》とお呼びくださいませ。あなた様はわたくしを皇太子として、接する必要はありません」

どうして皇太子ともあろう人物が女装、ではなく変装したままの姿でいるのか。ますますわからない。思わず首をかしげてしまう。

月天子は居住まいを正し、じっと私を見つめる。ここから先が本題らしい。

「あなた様のあやかし退治の腕を見込んで、お願いがあるのです。どうか、後宮にはびこる人喰いあやかしを退治していただけないでしょうか?」

「人喰い、あやかし!?」

耳にし口にした瞬間、全身に鳥肌が立つ。

月天子は憂いの表情で、詳しい事情を話し始めた。

七十二候ノ国の皇帝陛下の妃らが住まう後宮に、どうやらあやかしが紛れ込んでいるらしい。それを私に退治してほしいと。

「初めは、妃の行方不明事件として扱われておりました。しかしながらある日、指輪をした妃の指先だけが発見されたのです」

　詳しく調べた結果、指先は獣が囓《かじ》ったような断面だと判明する。後宮内に皇帝専用の狩猟場はあれど、熊や虎などの獰猛《どうもう》な生き物は放たれていない。せいぜい狐がいるくらいだ。

「人が狐に襲われるというのは、考えられません。仮に襲ったとしても、指先だけ残して人間を食べるのは、不可能でしょう」

　あやかし退治を生業とする女道士が招かれ、後宮を調査した。その結果、やはり妃を喰らったのはあやかしだろうと判断される。

「女道士達にあやかし討伐を依頼しましたが、自分達の手に負えるあやかしではないと軒並み断られてしまいました」

　男性の道士に、宦官《かんがん》となってあやかし退治をしないかと話を持ちかけるも失敗。

「そちらはあやかしよりも、宦官になるための条件が恐ろしかったようです」

　後宮に出入りできる宦官の条件――以前、どこかで耳にした覚えがある。妃との姦通を防止する目的で、生殖器を切り落とすらしい。村の男性陣は、顔を真っ青にしながら「恐ろしいことを考えつくものだ」と口にしていた。

「被害者は日に日に増え、人喰いあやかしの噂が市井《しせい》にまで広がり、皇帝陛下の妃になるのを怖がって、後宮入りを拒絶する者も出るくらいでして」

　このままでは、後宮の妃達が喰い尽くされてしまう。打つ手を失った皇帝陛下は、あやかし退治の研究をしていた月天子に調査を依頼したらしい。

「陛下は男であるわたくしに対し、後宮に出入りする特別な許可を出しました。ただし、女官に変装するならば、という条件付きではありますが」

皇太子である月天子を頼らなければいけないほど、状況は切羽詰まっているという。

「わたくしも一か月ほど後宮に潜入していろいろ調べたのですが、どうしても人喰いあやかしの尻尾を摑めず……」

困り果てているところに皇后の仙人宦官、瞬九旺《しゅんくおう》が月天子に助言した。西の果てにある村に、あやかし退治を生業にする女がいると。月天子はここに来るまで、私を仙女のごとくたおやかにあやかしを鎮めるような女性だと思い込んでいたようだ。どうしてそのような心的表像が浮かびあがるものか理解できない。

「しかしながらあなた様は勇ましく、とても驚きました」

それは私も同じである。目の前の可憐な女性が男で、しかも七十二候ノ国の皇太子殿下だなんて思いもしなかった。

いいや、私や月天子の第一印象はどうでもいい。それよりも引っかかることがあった。

「あの、仙人宦官とは?」

「皇后に仕える仙人ですよ」

「仙人や仙女って、神話の中でのみ生きる存在なのでは?」

「いいえ、仙人や仙女は現実に存在します」

七十二候ノ国では仙女のほうが有名だろう。四季をもたらす仙女に対し、仙人は雨や風、雷などを操り、人にとって助けにも脅威にもなりうる存在らしい。

　百五十年前、瞬九旺は日照りが続く七十二候ノ国に現れ、大雨を降らせる奇跡を起こした。以降、皇族からの信頼を得て、歴代の皇后に仕える仙人宦官となったという。

「その仙人宦官とやらの奇跡の力で、人喰いあやかしを捕まえられなかったの？」

「仙人は不浄を嫌います。血の臭いをかいだだけで、失神してしまうようです」

「血にまみれた後宮の調査は、仙人宦官には不可能だと？」

「ええ」

　頼りになるのは、私しかいない。月天子は言い切った。

「ここまで来てもらっておいてなんだけれど、私は村人に依頼されたあやかしを退治していただけで、人喰いあやかしに対抗できるような実力があるわけではないんだけれど」

　それに、あやかしの専門的な知識も皆無だ。調査しろと命じられても、なにをしていいのかすらわからない。

「それでもよいのです。今、わたくしが望んでいるのは、後宮の変化ですから」

「後宮の変化？」

「ええ。ここ半年以上、後宮に新しい人間は入っておりません。そんな中で、新しい人間を取り入れるとなると――」

　月天子は目を伏せきゅっと唇を閉ざしたので、代わりに言葉を続ける。

「人喰いあやかしは私を品定めにやってくる？」

「ええ」

「ようは、都合がいい餌ってこと?」

月天子は扇から覗かせた目を、三日月のように細める。その反応は肯定しているようなもの。内心呆れてしまった。

彼の依頼はあまりにも危険すぎる。話を聞く限り、人喰いあやかしは私の手に負える相手ではないだろう。

「お願いできないでしょうか?」

「いやでも、この地にはびこるあやかし達は厄介で、放置して帝都に行くのもどうかなと」

「それは、心配に及びません。帝都から道士を数名派遣しますので」

明日には発ちたいと主張し、道士が来るまでの間はあやかし避けの強力な呪術を村の周囲に展開するという。村の平和は心配いらないと言い切られてしまった。

咄嗟に思いついた断る理由も早々に潰されてしまう。こうなったら、はっきり拒絶するしかないようだ。

「せっかくだけれど、私には過ぎた依頼だと思う。討伐は無理かと」

「もちろん、無償ではありません」

月天子は扇を軽く掲げる。すると、気配を消していた女官が足音もなくやってきて、手に持っていた木箱を食卓に置く。蓋を開くと、中には金貨が収められていた。それは、私が一生懸命あくせく働いても得られないほどの大金である。

金を前にした瞬間、胸がドキドキと高鳴った。このようなときめきを感じるのは、生まれて初めてだ。

「こちらは前金です。人喰いあやかしを討伐できたら、さらに倍の金額を払いましょう」

「本気？」

「ええ、本気です。このままでは後宮に妃がいなくなってしまいますので」

後宮にいるのは、皇帝陛下の妻である妃ばかりではない。月天子の幼い弟や妹も暮らしている。彼らに危機が訪れることを考えると、恐ろしくて夜も眠れなくなるらしい。

「あなた様だけが頼りなのです。どうか、人喰いあやかしの討伐を引き受けてはくれないでしょうか？」

「わかった」

即答だったので月天子は目を見開く。もっと迷うと思っていたのだろう。

なにを隠そう、私は守銭奴道士だ。この大金を前に依頼を断るなんてありえない。

「本当に、よろしいのですか？」

「それはこっちの台詞。前金だけで、こんなに出して大丈夫？」

「命はお金で買えないので、報酬は惜しみません」

その言葉は私の中で大いに引っかかる。ふいに脳裏を過るのは、流行病で亡くなった両親だった。

「お金で買える命もあるけれど」

「え？」

「いや、なんでもない」

とにかく依頼は引き受ける。そう答えると、月天子は「どうぞよろしくお願いいたします」と返し、深々と頭をさげたのだった。

出発は明日。月天子は使用人達が用意した天幕で一夜を明かすらしい。つまり、野営をするのだという。

春とはいえ夜は冷える。けれども、皇太子殿下をお招きできるような家ではないので、去りゆく背中に手を振ることしかできなかった。


知り合いの農家の収穫を手伝い、報酬のそら豆を手に帰宅すると、自宅近くに天幕が張られていたのでギョッとしてしまった。

「な、なんだ、あれは！」

そういえばと思い出す。皇太子ご一行が来ているのだった。

太陽が傾きつつあり、冷たい風も吹いている。野営なんて果たして大丈夫なのか。心配になって、仕切り板に囲まれた内部を覗き込んだ。

女官や使用人達が、忙しなく働いている。桶に沸かした湯を注いでおり、衝立《ついたて》も用意されていた。あれは風呂だろう。私が普段使っている浴槽よりも上等な品に見えた。

別のほうでは、大きな鍋を用いて料理をしているようだった。肉が焼ける匂いや香辛料の香りが風にのって漂ってきて、思わず涎《よだれ》を飲み込む。

　おんぼろ屋敷で暮らす私達より快適な環境が用意されているので、心配ないようだ。

　帰ろうとしたところに、月天子が天幕から顔を覗かせる。離れているのに、目が合ったような気がしてドキッと胸が脈打った。

　彼は品よく手招く。やはり目が合っていたようだ。こっちへ来いと言いたいのか。

　急ぎ足で向かうと月天子は仙女のごとく美しい笑みでにっこり微笑んだ。

「なにか……？」

「少し、お話ができたらと思いまして」

「でしたら――」

「でしたら？」

　敬語は使うな、という圧のある復唱。相手は皇太子殿下なので気さくに話しかけろというのは無理な話なのだ。けれども、頼まれた以上はやるしかない。

「花見でもしながら、その、話そう」

　私の誘いに、月天子はキョトンとしながら言葉を返す。

「花見、ですか？」

「今、桃の花がきれいだから」

「そうなのですね。帝都のほうでは花の盛りは少し先なのですが」

　昨日、あやかし退治の報酬として食べきれないくらいの草餅をもらったのだ。一度家まで戻り、それを持って桃の木々がある場所まで月天子を案内した。

　彼は皇太子なので女官と護衛が続く。ひとりで出かけるのは危険なのだろう。立場がある人は大変だなと感じてしまった。

　桃の花はちょうど盛りであった。夢のように美しい光景が広がっている。この辺りは入り組んだ場所にあり、村人達はやってこない。だから、両親が眠る場所にふさわしいと思ってここに墓を立てたのだ。

「ごめん、少し待っていてもらえる？」

「ええ、かまいません」

　墓前で両親に語りかける。草餅と酒を供え、ここを離れる旨を話しておいた。

「こちらには、どなたかが眠っていらっしゃるのですか？」

「両親が」

「そう、だったのですね」

　月天子は私と同じように、桃の木の前に跪いて額《ぬか》ずく。その様子にギョッとしたのと同時に、行き先をまちがえたと思った。

「いや、ごめんなさい。花見とか言いながらいきなり墓参りをしてしまって」

「いいえ、お気になさらず」

　私を帝都へ連れていくので、挨拶をしたのだという。

　両親の死から七年の間で、私以外にお参りしてくれたのは彼が初めてである。

陽家はここの出身ではない。村人達とは表向きは仲良く付き合っていても、裏ではなにを言われているかわからなかった。

現に、両親の墓参りをしたいと望む者はひとりもいなかったから。

けれども出会ったばかりの彼がこうして拝んでくれた。

皇太子だからと神のように特別な存在だと思っていたものの、こうして死者を悼む姿はごくごく普通の気遣いができる人だ。

今になって、初めて彼という存在を認識できたような気がする。皇太子も私と同じ人間なのだ。

「毎年、ここに家族と花見に来ていて――」

両親が亡くなってからはひとりで訪れていた場所である。

「あの、なんていうか、ここが村一帯で一番美しい場所なんだよね。せっかくこんな辺鄙《へんぴ》な場所に来たのだから、見てもらいたくて」

「ありがとうございます。そうですね。ここに咲く桃の花は、美麗です」

なんでも月天子はここ数年もの間ずっと忙しくしていて、花見などしている暇はなかったらしい。

「幼少の頃はよく花見に出かけていたのですが、最近はなかなか足を運ぶ機会がなくて、今に至ります」

「そんなのもったいない！　桃の花を見ながらいただく草餅は格別なのに」

月天子に草餅を差し出すと、驚いた表情を見せつつも受け取って食べてくれた。口元を愛らしく押さえ、笑みを浮かべる。

「ああ、本当ですね。とってもおいしいです」

「でしょう？　よかったら来年も、一緒に花見をしようよ」

その様子があまりにも可愛かったので、ついつい軽い気持ちで提案してしまう。

「わたくしが、あなた様と？」

「そう。今度はごちそうを作って、お菓子も用意して。お酒はあまり飲めないけれど、桃の花びらを浮かべて飲んだらおいしいかもしれない」

皇太子相手になにを提案しているのだと思ったものの、喋り出した口は止まらなかった。

久しぶりに楽しい気分になっていた。月天子は淡く微笑み、言葉を返す。

「いいですね。楽しみにしております」

「あ――うん」

美しい笑みに、思わず見とれてしまう。たぶん本気で花見をするつもりはないが、私があまりにも楽しそうに提案するので前向きな返事をしてくれたのだろう。優しい人だ。

微笑み合ったあとで、背後に女官や護衛が押しかけているのに気づく。思わず、そばに来た女官に話しかけてしまった。

「なに？　どうかしたの？」

「いえ、毒見をしなければと思ったのですが」

「あ！」

そうだった。月天子は皇太子殿下なのだ。毒見なしで、食べ物を口にできるわけがないのに。

「幼少期より毒の訓練は受けておりますので、入っていたとしてもすぐにわかります。どうか、お気になさらず」

本人はそう言ったものの、女官や護衛が皇太子の口にするものを毒見するというのは、大事な仕事なのだろう。申し訳ないことをした。

女官は続けて物申す。そろそろ天幕に戻らなければならないようだ。

「名残惜しいですが、帰らなければならないようです」

「わかった。戻ろう」

夕日を背にしつつ、家路へ就いた。


扉を引いた先に、金華猫がどっしりいかめしく立っていた。

「あれ、金華猫、どうしたの？」

「紫苑の、バカ――――!!」

いきなりのバカ呼ばわりである。すでに慣れっこなので傷つくことはない。ただ、どういう意味のバカなのかわからないので問いかけてみる。

「なんのバカ？」

「世界一のバカって指摘しているの！　なんで、人喰いあやかし退治なんか引き受けるのよ！」

「いやだって、大金をくれるって条件を出されたから」

キッと私を睨んでいた金華猫であったが、一気に涙目になる。同時に、捲し立てるように叫んだ。

「だからって、危険な仕事に手を出すことはないでしょうが！　この、金の亡者！　守銭奴！　ごうつくばり！」

「全部否定できないかも」

「も――――っ!!　っていうか、どうしてのんきにあの男とお出かけなんかしているの！」

「ご、ごめん」

金華猫の顎の下でも撫でて落ち着かせようとしたものの、手を差し伸べただけで「シャー!!」と威嚇されてしまった。

こういうとき「よいではないか、よいではないか」などと言って無理矢理触ったら、噛みつかれた挙げ句、引きちぎられてしまうだろう。金華猫の気性の荒さを甘く見てはいけない。

この村を第二の人喰いあやかしが出没する場所にしてはいけないので、手を早々に引っ込める。

「あなた、自分に強力なあやかしに勝てる実力があるとでも思っているの？」

「いや、そうは思っていないけれど」

「だったら、どうして安請け合いしたのよ」

「人喰いあやかし退治は、月天子も手伝ってくれるって言うから」

なんでも、月天子は七十二候ノ国屈指の道士だという。ならば、私の出る幕などないのかもしれない。そんな期待もあって引き受けたのだと言い訳する。

「なんで初対面の人間の言うことを鵜呑みにするのよ！　嘘だったらどうするの？」

「それは、そうかもしれないけれど。でも、嘘をつくような人には見えなかった」

「ただの印象でしょう？　演技力がある人間だったらどうするの？」

月天子の行動や言葉について振り返る。あまりにも——上品で可憐だった。言われてみれば、演技である可能性も否めない。

「金華猫の指摘は、否定できないけれど……」

「あのうさんくさい皇太子を信じて、どうしても帝都を目指すというのであれば、あなたひとりで行きなさい！　ワタシは知らないから！」

すると、突如として茶色い物体が現れて目の前を通過し、金華猫に体当たりした。

「けんか、だめー！」

そう叫ぶのはひーちゃんだ。ひーちゃんの体はごくごく普通の中型犬くらいの寸法だが、体当たりされた金華猫の体は吹き飛ぶ。

金華猫はくるんと回って受け身を取り、壁への激突は華麗に回避した。

「ちょっと、なにするのよ――――!!」

「きんかびょう、ごめんねー」

「謝って済む問題ではないわ!!」

ひーちゃんは金華猫のように化けができたり、呪術を使えたりするわけではない。けれども誰よりも強い力とあり余る体力を持っているのだ。

金華猫がぷんぷん怒っている理由は体当たりによって受けた衝撃が大きかったから――だけではないようだ。ひーちゃんは金華猫の配下にある存在だ。たて突くことなど言語道断なのだろう。

眷属というのは、力を分け与えられし者らしい。ひーちゃんの場合は、永遠に等しい寿命を金華猫から授けられている。

そんなわけでひーちゃんは金華猫に対し、尊敬の気持ちをもって接するべきだと考えているのかもしれない。

「まったく、眷属の風上にも置けないわ!」

金華猫の抗議に屈しないひーちゃんは、私をくるりと振り返って言った。

「ひーちゃんは、しおんのおしごと、てをかすよ!」

「うっ、ひーちゃん、ありがとう」

頭をわしわし撫でてあげると、気持ちよさそうに目を細める。そのもふもふとした体をぎゅっと抱きしめ、温もりに身を埋《うず》めると心がホッと和む。

人喰いあやかし退治をするにおいて、あやかし達の協力が鍵となるだろう。だからなんとしても、金華猫を説得しないといけない。

一応、私とあやかし達は契約関係にあるものの、それ以前に家族だ。しっかり納得するまで話し合いたい。

ある作戦を思いつき、さっそく実行する。

「金華猫、帝都に行ったらおいしい食材が手に入るかもしれない。それをお酒に漬けたら、きっと最高だと思う。金華猫が好きなお酒を造るからさ、どうかな？」

交渉を持ちかけると、背中を向けて座る金華猫の耳がピクピク反応を示した。かなりの手応えを感じたので、このまま続ける。

「お酒に合うおつまみも付けるし、なんだったらおかずも作ろうか。丸鶏のから揚げとか」

「本当に？」

「嘘はつかない。だからどうか、お願い」

床に三つ指をつき、深々と頭をさげる。

「ふん！　そこまで言うのであれば、一緒に行ってやらなくもないわ！」

「金華猫、ありがとう」

ただただ喜ぶ私に、金華猫は釘を刺す。

「ワタシ達のことは、あの男に申告しないほうがいいわ」

「あやかしを使役しているってこと？」

「ええ」

善良な精霊ならばまだしも、人間に悪さをするあやかしを使役するという例はほとんどないらしい。変に利用されたくもないようで、その辺の説明はしないようにと言われた。

「頼むわよ」

「了解」

なんとか金華猫の説得に成功した。最後は小鈴である。彼女は臆病なあやかしだ。また、私と契約を交わしているわけではない。そのため、無理強いはできないのだ。

「というわけで、帝都に人喰いあやかし退治に行くことになったんだけれど。小鈴は無理して同行しなくても――」

「い、行きます！　お、置いていかないでください！」

意外や意外。小鈴は自らついてくると希望した。おまけに、私と契約を交わすという。

「大丈夫？　怖い思いをするかもしれないけれど」

「ここにひとり置いていかれるほうが恐ろしいです」

「そう。わかった。じゃあ、これから先もよろしく」

「よろしくお願いします」

そんなわけで強力な味方を得て、帝都を目指すこととなった。

夜――旅支度を進める。

調査期間は決まっていない。そのため、貴重品はすべて持っていくことにした。

父親が遺した土地の権利書に母の装身具、私がなによりも大切にしている金を保管する壺。あとは金華猫のために手造りした酒、それから小鈴を包むと安心する毛布、ひーちゃんのお気に入りの玩具も忘れないように鞄に詰める。

「よしっと。こんなものかな」

思っていた以上に大荷物となった。あとは、明日を迎えるばかりである。

窓の外には、月がぽっかりと浮かんでいる。なんとなく、物悲しくなるような月だ。

いいやちがう。

月はいつものように輝いている。悲しいと感じているのは私の心だ。生まれ育った地を初めて離れるのだから感傷的になるのも無理はない。

「紫苑、どうしたのよ。元気がないじゃない」

闇の中から金華猫がぬっと姿を現す。いつものことなので驚きもしない。

「いや、なんていうか、生まれ育った地を離れるというのは心細い気持ちになるものだなと思って。金華猫は？」

「ワタシはべつに。今より快適に暮らせるのならばどこでも大歓迎よ」

「さすが、人ではなく家に憑く化け猫だ」

家族が流行病で亡くなって心がからっぽなときに不思議な声が聞こえてきて、物置部屋に封じられていた金華猫やひーちゃんと出会った。

　今では、彼女達がかけがえのない家族である。

「大丈夫、すぐに戻ってこられるわ。そうじゃなくても、帝都を気に入るかもしれないし」

「うん、金華猫の言うとおりかも」

　だんだんと心が落ち着いていく。こういうときは誰かと話すに限るのだろう。

「そうそう、ひとつ忠告しておくわ」

「なに？」

「月天子っていう男を、むやみやたらと信用しないほうがいいわ」

「どうして？」

　質問の返答はため息だった。もっとわかりやすく言ってほしいと頼み込むと、呆れたような表情で説明してくれた。

「記憶がいまいち曖昧なのだけれど、陽家――あなたの一族は、帝都から追放された一族なの」

「へー、そうだったんだ」

「陽家を追い出したのは、皇族……だったような気がするわ」

「気がする？」

「記憶が曖昧だって言ったでしょう」

追放されたときに、金華猫とひーちゃんは封じられたのだという。

「陽家を帝都から追い出した皇族が、いまさら頼ってくるなんておかしいでしょう？」

「うーん、そう、なのかな？」

「そうなのよ！」

とにかく、月天子には警戒しておくよう重ねて忠告された。

「もう夜も遅いわ。眠りなさい」

「今日だけ一緒に寝てくれる？」

「は？　なんでワタシがあなたと寝なければいけないのよ！」

つれない金華猫に、手を合わせて頼み込む。ついでに頭もさげておいた。

「お願い、金華猫！　なんだか眠れそうになくって」

「もう、仕方がないわね！」

普段、金華猫は触れようとすると激怒するが、今日は抱きしめさせてくれた。ふわふわの体をそっと抱きしめ、布団に横たわる。

金華猫の温もりを感じながら、眠りについたのだった。

朝――父親が持っていたよそ行きの服に袖を通す。光沢のある青い布地に、白い糸で蔦模様が刺繍された一着だ。帯を巻いてしっかり結ぶ。髪も櫨蠟《はぜろう》で乱れなく整え、ひとつにまとめておく。

珍しく身なりを整える私を、ひーちゃんがじっと見あげる。

「しおん、かっこいいねえ」

「ありがとう。せっかく帝都に行くから、オシャレしてみようと思って」

「すてきだね！」

「でしょう？」

ひーちゃんや小鈴も、櫛で丁寧に梳《くしけず》った。金華猫だけは「シャー！」と威嚇し、手入れを許してくれなかった。昨晩は仲良く一緒に眠った仲なのに、相変わらずのしょっぱい対応である。

荷物を玄関の外に置いていたら、使用人達が馬車に運んでくれたようだ。女官がやってきてそっと耳打ちする。帝都で同じことをしたら、悪漢に盗まれるだろうと。

どうやら帝都の治安はかなり悪いらしい。他人の私物を盗む輩がいるなんて、のどかな田舎暮らしをしていた私にとっては信じられない話である。これからは、今まで以上に用心に用心を重ねる必要があるのだろう。

拳を握り、気合いを入れているところに月天子がやってくる。

「おはようございます」

「おはよう」

彼女――ではなく彼が微笑むのと同時に、やわらかな風が吹いて庭の桃の花が美しく散る。風とともに流れる桃の花びらが、月天子の美しさを引き立てるようだ。

「今日も女装、じゃなくて変装なんだね」

「ええ。皇太子という身分を隠すために、この姿は便利ですので」

「そう」

そろそろ出発するらしい。忘れ物はないかと聞かれたので、深々と頷く。

「ああ、そうだ。家系図は持ちましたか？」

「家系図？　どうして？」

「血脈を証明するものは、一族の宝ですから」

家系図のどこが宝なのか小首を傾げてしまう。泥棒が忍び込んでも、真っ先に無視しそうな紙切れのように思えてならなかった。

「いや、でも、必要？」

「この世に二枚とないであろう家系図は、大事な品ですよ」

「はあ、そこまで言うのであれば」

荷物に家系図の巻物が加わった。これでよし。荷物を前に月天子が満足げに頷いている。

馬車は二台。荷物を積んだほうへ乗ろうとしたが、月天子に手招きされる。

「そちらは使用人用の馬車です。あなた様はこちらに」

「いや、でも、うちは猫と犬と狸がいるから」

あやかし達は化けの能力を使い、その辺にいる獣の姿に擬態していた。ひーちゃんだけは、金華猫の幻術でごくごく普通の犬に見せている。

ちなみに通常形態のあやかしは、瞳が怪しく金色に光っていたり火の玉を引き連れていたりと、その辺の獣とはまるで異なる。そのため化けは非常に重要な能力なのだ。

「えーっと、なんていうか、獣臭いから、迷惑になるかなと思って」

金華猫が「シャー！」と言って抗議するものの、これ以外の言い訳を思いつかなかったのだ。すまないと心の中で平謝りである。

「べつに、ご一緒しても問題ありません」

「え、で、でも……」

問題があるのはあやかし側である。ひーちゃんはともかくとして、金華猫と小鈴は謎の圧を感じる月天子とお近づきになりたくないようだ。

月天子はにっこりと微笑んでいるが、早く乗るようにと促す空気がビシバシと伝わってきた。これ以上、皇太子殿下をお待たせするわけにはいかないだろう。

左腕に小鈴を抱え、右腕に金華猫を抱く。金華猫は嫌がりジタバタと暴れたが、常日頃から鍛えている上腕二頭筋で押さえ込んだ。ひーちゃんについてくるように言って、月天子が勧める馬車に乗り込む。

内部はかなり広々だ。もしかしたら、我が家のこぢんまりとした寝室よりも広い可能性があった。座席は革張りで、腰かけると安定感を覚える。

内装も睡蓮《すいれん》の透かし細工が塡《は》め込まれた小窓があったり、足下にはふかふかの絨毯が敷かれていたりと、豪華な造りであった。

　馬車の扉が閉まった瞬間、ギョッとする。ほかに女官や従者は乗らないようだ。つまり、月天子とふたりきりというわけである。呆然としている間に腕から金華猫が飛び出して「シャー！」と鳴き、椅子の下へ潜り込んでしまう。小鈴もあとに続いた。ひーちゃんだけは、私の足下でキリリとした表情でいた。

「犬以外、恥ずかしがり屋なのですね」

「ええ、まあ」

　そうだったらいいのに……という言葉はぐっと呑み込んだ。

　片や凶暴化け猫、片や臆病化け狸である。

　ひーちゃんはよい子だ。まるで普通の犬のよう。よしよしと撫でてあげる。

　と、このような状況の中、馬車が走り始めた。

　慣れ親しんだ風景がだんだんと遠ざかっていく。ふいと窓から目を背け、ひーちゃんの頭を撫で続けた。

　珍しく感傷的になっている。私は家族との思い出が残る故郷を離れたくなかったのだろう。依頼が長丁場にならないことを心から願った。

　薄暗い森へと入った瞬間、月天子が話しかけてくる。

「突然ですが紫苑様、お互いの手の内をすべてさらけ出しませんか？」

「それはどうして？」

「これから、一心同体で人喰いあやかし退治をするのです。どのような力を持っているか、お互いに把握していたほうがいいでしょう」

彼の言うことにまちがいはない。共闘するならば、互いの能力について知っておいて損はないだろう。ただ、私は彼を完全に信頼しているわけではなかった。金華猫からも警戒しておくようにと忠告されたばかりである。

どうすればいいものか。迷っているところに、月天子が椅子の下に隠していた木箱の大きな包みを膝の上に置いた。

「我が玉《ぎょく》家は、陰陽師の力を引き継ぐ一族なのです」

「陰陽師？　道士だと言っていたような気がしたけれど」

「そう言っても理解していただけない場合が多いため、手っ取り早く道士と説明しているのです」

人々の脅威となる者と戦うという面においては、陰陽師と道士は似たような存在らしい。

「陰陽師……か。親しみがあるような、ないような不思議な響き」

「起源は、我が国に伝わる五行思想ですね」

五行思想――この世に存在するありとあらゆるものは、木、火、土、金、水から成り立っているという考え。

「これらの思想が異国に渡り、現世の災いは五行思想で解析され、対抗できるものではないかという考えに至った。その後、陰陽道が誕生したようです。陰陽道のもと、陰陽師と呼ばれる呪術を操る者達が輩出されたと言われております」

陰陽術が海を渡って七十二候ノ国の玉家に伝わり、今も尚技術が継承されているようだ。

「わたくしは死した動物の魂を使役する呪術、口寄せを得意としています」

月天子は包みを広げる。木箱に貼り付けてあった呪符を引き剝がし、蓋を開いた。

思わず悲鳴をあげそうになったものの、喉から出る寸前でごくんと呑み込む。木箱に収められていたのは、獣の頭蓋骨だった。

陽家は狩猟で肉を得ていたため、私は獣の骨は見慣れている。それでも、突然頭蓋骨を見せられて驚いてしまった。

月天子は獣の頭蓋骨を媒介とし、姿を具現化させる呪術を得意としているという。それに関して、個人的に疑問があった。

「死した魂を呼び寄せることって、可能なの？」

「ええ、可能なんですよ。動物に限定しますが」

人は一度死を迎えると魂は天に昇り、記憶を洗い流して新しい肉体へと宿る。それは人に限る話だという。それ以外の生き物は、悪しき存在であるあかやしとなり、善き存在は精霊と化すのだと月天子は説明してくれた。

「その善き精霊とやらを頭蓋骨を用いて呼び寄せる呪術、ねえ」

「お見せしましょうか？」

「問題ないのであれば」

月天子は懐から小刀を取り出す。なにに使うのかと思いきや、指先を切った。傷口から血の珠が滲む。それを、頭蓋骨の頂へ押しつけた。なにやらぶつぶつと、呪文を唱えている。耳を澄ましてみても、なにを発音しているのかわからなかった。

木箱がガタ、ガタガタガタと音を立てる。驚き、瞬きをする間に白い物体が目の前に飛び出してきた。

驢馬《ろば》よりも大きな、白狼である。

「お、狼の頭蓋骨だったんだ」

「ええ」

ぐるるるると唸り声をあげているが、そばにいるひーちゃんは小首を傾げるばかり。怯える様子はいっさいない。もしかしたら、金華猫よりも肝が据わっているのではないか。

月天子が手をパン！と叩くと、狼の姿は消えた。代わりに頭蓋骨のみが残る。

「と、このような感じで、わたくしは使役の呪術を使っております」

今度はこちらが手の内を見せる番なのだろう。呪符くらいなら披露してもいいのか。そう思って、帯にねじ込んでいたものを取り出す。

「私は、えー、その、呪符を使って、あやかしを退治しているんだけれど」

「まあ、これは珍しい。あやかしを使った呪符ですか」

「え、あ、んー、そんな感じ」

この辺はあまり詳しく話したくない。うやむやにしたいのに、月天子は突っ込んで質問してくる。

「あやかしを捕らえているのですか?」

「どうして?」

「この形式の呪符は、あやかしを必要とするものです」

「あやかしを必要……まあ、たしかに」

月天子が言うように、私の使う呪符は金華猫、ひーちゃん、小鈴の協力を得て作成している。さすが皇太子だ、適当なごまかしが通用しない。

「あやかしを捕まえていないのならば、どうやって作っているのですか?」

軽く説明するつもりが、逆に追い詰められるような状況となる。顔が燃えるように熱い。きっと、額に汗がびっしりと浮かんでいるだろう。

金華猫をはじめとするあやかしとの契約については、月天子には言わない約束である。ここをどう切り抜けようか。

追い詰められる私に助けの手が差し伸べられる。

意外や意外、金華猫だった。

「ワタシ達が手伝っているのよ」

突然、猫が話し始めたので、月天子の双眸《そうぼう》がハッと見開かれる。なんとなく気づかれているのではないかと思っていたが、彼女らの化けは完璧だったようだ。さすが、化けのみで生きてきたあやかし達である。

金華猫が普通の猫に見える変化を解くと、月天子は小刀を構えた。

ピリッと空気が震えた。

月天子の目は完全に達人のそれで、隙はいっさいない。金華猫は危険な相手だと感じたのか、尻尾が少しだけ膨らんでいる。

慌てて間に割って入った。

「あの、大丈夫。彼女は私と契約しているあやかしだから」

「あやかしと契約、ですか？」

「そう」

代々陽家に仕えるあやかしについて説明した。とはいっても、詳しい話は知らない。ただ、人々が恐れるあやかしに対して友達のように接した先祖がいて、互いに助けるような関係にあった、という話だけが伝わっている。

「金華猫、まちがってない？」

「まあ、そんな感じね」

「あやかしとの友情、ですか」

ひーちゃんや小鈴もあやかしだと伝えると、月天子はさらに驚いているようだった。

「狸はあやかしではと思っていましたが、まさか犬までとは」

「ひーちゃんだよ」

「ひーちゃん、ですか……」

「です！」

挨拶のつもりなのか、ひーちゃんは月天子に前脚を差し出す。いやいやと止めに入ろうとしたが、律儀な彼は手を差し伸べ、そこにひーちゃんは前脚をポンとのせる。奇しくも、お手をするような形となった。

なんとも奇妙な空気が流れる。月天子は口元に手を添え、戸惑っている様子が見て取れた。だが、嫌悪している感じではない。

それにしても、自分達があやかしであることは隠すと金華猫は宣言していた。こそこそと、金華猫に質問する。

「あの、金華猫。どうして助け船を出してくれたの？」

「あなたがうっかり口を滑らせて、ワタシ達があやかしだと気づかれるのは時間の問題だと思ったからよ」

「な、なるほど」

月天子は胸に手を当てて、大きな瞳をさらに大きく見開いているようだった。ずっとおっとりしていて笑みを絶やさなかった彼が、初めて動揺する様子を見せている。

「あの、依頼を取り消すならば、今しかないけれど？」

「どうして、依頼の取り消しをわたくしが申し出ると思ったのですか？」

「いや、だって、あやかしと契約している道士と組むなんて、不安にならないの？」

「いいえ。むしろ、頼もしいくらいです」

なんでも彼が使う口寄せの呪術の中には、強力なあやかしを引き寄せて使役するものもあるらしい。

「正直に言うと、精霊よりもあやかしを使役したほうが、戦闘力は跳ねあがります。しかし――」

術者が願うだけで協力してくれる善良としか言えない精霊とは異なり、あやかしは対価を必要とする。中には命を差し出すように言ってくる存在もいるらしい。

「玉家の宝物庫には、死後、あやかしとなった動物の頭蓋骨がいくつか存在します。けれども、彼らの協力を仰ごうとは思いません」

あやかしと手を結ぶのは大変危険なこと、というのは、幼少時から頭に叩き込まれた教訓らしい。

「この七十二候ノ国も、一度あやかしに支配されて危うい時期があったくらいで」

「もしかして、皇帝陛下の姿に化けた邪龍がいたって話？」

「ええ」

幼い頃、父がよく話してくれたのだ。皇帝に化けた邪龍の正体を暴き、皇族と仙女が共闘したという物語を。凶悪な邪龍を仕留めたのは、仙女の血だったらしい。あやかしである邪龍にとって、仙女の血は猛毒だったようだ。

国の黒歴史を邪龍のせいにした作り話かと思いきや、実際に起こった事件だという。

「我が玉家は邪龍討伐に協力し、見事、討ち勝つことができたのです」

以降、玉家が中心となって政治が執り行われている。

「あやかしは恐ろしい存在ですが、紫苑様、あなたが契約を交わし、管理しているのであれば、とても心強い存在です」

問答無用で拒絶されるかと思いきや、そうではなかった。ひとまずホッと胸を撫で下ろす。

「ただ、ほとんどの者達はあやかしを恐ろしく思っています。ですので、ただの猫や犬、狸に見えるよう、化けを徹底していただきたいなと」

「それはもう、そのつもり」

「安心しました」

長々と語り合っていたが、話を呪符作りに戻す。

「私の呪符作りは、彼女らの協力あってのものなんだけれど」

「通常、呪符はあやかしを特殊な調合で作る液体に浸けて、それを煮詰めたものを墨とし呪文を書くという手法だと耳にした記憶があるのですが」

液体に浸かったあやかし達を想像してしまう。あまりにも可哀想だ。

「呪符って、そんな酷い方法で作っているの？」

「ちがうのですか？」

「私達の場合は――」

金華猫が肉球に墨を塗り、長方形に切った紙に押しつける。肉球形に滲んだ墨から筆を滑らせて、呪文を紡いでいくという方法を採っていた。

「金華猫の呪符は、あやかしの体を斬り裂く強力なもの。小鈴の呪符は、火の玉を出現させてあやかしを焼き尽くすもの。ひーちゃんの呪符は獣の鳴き声をあげて、あやかしに恐怖を与えて追い払うもの。と、こんな感じ」

「なるほど。とても興味深いです」

手の内を明かすのはこれくらいでいいだろう。ほかにもあるのだが、まだ完全に月天子を信頼したわけではないから。

これで満足してくれたのか、話題は別のことへと移った。

「続いて、後宮について説明します」

皇帝の妃が集められた後宮——そこには、六十五名ほどの妃と女官が暮らしているらしい。とんでもない規模だと思いつつも、歴史を遡ってみたら少ないほうだという。

「後宮の妃の収容人数は、その昔は千人ほどでした。現在は、最大でも百人までとしているようです」

現皇帝も、即位と同時に最大人数である百名の妃と、それぞれに仕える女官を後宮に揃えた。統治を始めてから二十年以上、九十名より妃の数が減らなかったのだが今、六十五名まで減っていた。

「すべて、人喰いあやかしに喰い荒らされた、ということ？」

「ええ」

主に妃を狙って喰らっているようだが、時には女官も襲われる。なんとも狡猾極まりない、残忍なあやかしである。

「そんな事情もあり、後宮から逃げようとする妃もいるくらいで」

「気の毒な話」

月天子が直接後宮に潜入し調査した結果、怪しい者を四名にまで絞り込めたらしい。

なんでもそれは、後宮の頂点に並ぶ四美人《よんびじん》と呼ばれる四人の妃だという。

「そこまで進んでいたんだ」

「はい。ですが、わたくしめの力だけでは、限界がありまして」

性別を偽って女官に変装している身では、調査の核心に迫ることはできなかったそうだ。

「ですので、紫苑様には皇帝陛下の妃として後宮に潜入して四美人と交流を図り、いろいろと探っていただきます」

「ちょ、ちょっと待って！」

「なにか？」

「いやなにかって、さらっととんでもない情報がぶち込まれていたんだけれど！」

月天子は可憐に小首を傾げる。

けれども、私は騙されない。

「私が皇帝陛下の妃として後宮に入るって聞こえたんだけれど、どういうこと!?」

「紫苑様には、皇帝陛下の妃となって後宮入りしていただこうかなと」

「私が、皇帝の妃にだって!?」

「はい」

聞きちがいだと思っていた言葉は、まちがっていなかったようだ。

わなわなと指先が震える。

「いや、聞いていない！」

「たった今、初めて申しました」

「皇帝陛下の妃とか無理！　絶対に無理だから！」

「そう言われましても、四美人に接近し調査をするならば、それ相応の立場と身分が必要となるのです」

なんでも私は地方の豪族の娘という設定らしい。もちろん着飾る必要はなく、男装姿のままでいいという。

「皆の注目を浴びる必要があるので、勇ましい紫苑様はまさにうってつけというわけなんです」

「男装の妃とか、斬新すぎるでしょう」

「わたくしは、すてきだと思います」

「いや、っていうか、あなたが女装の女官ならば、私は男装の宦官でもよかったのでは？」

名案だと思ったものの、月天子は首を横に振った。

「それはなりません。宦官の身では、妃とお話しできませんので」

「だったら、あなたが妃として後宮入りしたほうがいいのでは？」

「父親の妃になるというのは、偽りの身分だとしても、ちょっとご遠慮したいのです」

「いや、そういうのは、割り切ってよ！」

親子の中には、複雑な感情が入り混じっているらしい。そこは仕事としてなんとかしてほしかったものの、難しいようだ。

「申し訳ありません。わたくしめの我が儘《まま》で巻き込んでしまい」

「本当に、ただの我が儘だ」

月天子が調査する中で、四美人が人喰いあやかしだという確信を得られなかったのは、直接話せなかったためという部分もある。

「皇后が直接探るのも可能でしょうが、相手は後宮の主。最大限に警戒した状態で応じるでしょう」

「つまり、油断できるような相手でないといけない、というわけ？」

「そのとおり」

とんでもない依頼を引き受けてしまったと盛大なため息をつく。

金華猫は「そら見たことか！」という目で私を見つめていた。

「もしも私が、ここで依頼を断ると言ったらどうする？」

「あなた様は責任感の強い御方です。一度引き受けた仕事を放り投げるような行為はなさらないでしょう」

月天子は強い瞳を向け、断言してくれた。よく知りもしない相手にここまで言ったにもかかわらず、胡散臭さを感じさせないのが逆にすごい。

「昨日出会ったばかりなのに、どうしてわかるの？」

「勘、ですかね。昔からけっこう当たるんです」

「ふーん」

月天子はおっとりとしている印象であったが、たった一日で覆った。彼は金華猫の言うとおり油断ならない人物なのだろう。改めて、警戒を強めるよう決心する。

「皇帝陛下の妃となり後宮へ潜入するということを伝えていなかったのは、わたくしが悪かったと認めます。申し訳ありませんでした」

「謝って済むような問題ではないかと」

「ええ、わかっております。紫苑様が人喰いあやかしを退治した暁には、報酬に詫び代も含めてお渡ししましょう」

その言葉を聞いて私は身を乗り出す。悪くない条件であった。

「報酬に、色を付けてくれるってこと？」

「ええ」

ならば、よろしくお願いいたしますと、私は深々と月天子に頭をさげたのだった。

それから五日後——馬車は七十二候ノ国の帝都へ辿り着く。

帝都の鮮やかな街並みに目を奪われた。紅《くれない》に統一された屋根は、現皇帝を称えるものなのだとか。多くの人達が行き交い、街中は賑わっている。

窓から様子を見た金華猫が、ぼそりと呟いた。

「相変わらず、落ち着きがなくて忙しないところね」

「金華猫、帝都に来たことがあるの？」

「ええ、ワタシ、都会育ちなのよ」

「そうだったんだ。都会育ちの女……カッコイイ」

金華猫は胸を張り、誇らしげな様子だった。可愛かったので頭を撫でたかったが、シャーされたくないので、出しかけた手は引っ込める。

途中で馬車が停まり、女官が乗り込んできた。なにをするのかと思いきや、窓に布が当てられ、その上から板が嵌め込まれる。

窓が塞がれたので、馬車の中は夜のように真っ暗になった。

「これ、なに？　どうしたの？」

「暗殺防止です。城内には、敵が大勢おりますので」

「ええっ！」

月天子の即位をよく思わない不平分子が紛れ込んでいるらしい。どれだけ姿を隠して行動しても、どこからか情報を得て暗殺を謀るという。

「別の馬車をご用意しておりますので、ここから先は別々に行きましょう」

なんでも命を狙われた場合、私も巻き込まれてしまう可能性があるようだ。私が馬車を降りたあと、扉の取っ手に棒を差し込み、簡単に扉が開かないようにするのだという。

「わたくしの個人的な事情に巻き込んでしまうのは、申し訳ないので」

「でも、こういう状況は今に始まったことではないのでしょう？」

「それはまあ、そうですね」

生まれたときから命を狙われているなど、恐ろしいとしか言いようがない。蝶よ花よと育てられたように見えて、実は苦労人なのだろう。

襲われる可能性があるなんて正直に言えば怖い。けれども、私も覚悟を決めてここまでやってきたのだ。

即座に腹をくくり、どっしりと構える。

「べつにこのまま一緒でも構わない」

「それは、なぜでしょうか？」

「だって私達はこれからともに仕事をするのでしょう？　一心同体ってわけだから、自分だけ安全な場所にいようとか思わないだけ」

あなたをひとりにはしない――そう伝えると、月天子は極限まで目を丸くし、驚いているようだった。そこまでおかしなことを口にした覚えはないのだけれど。

「私、変なこと言った？」

「いいえ。そのようにおっしゃってくださったのは、紫苑様が初めてでしたので、その、驚いてしまいました。なんと言いますか、あなた様は強い御方なのですね」

「強いというよりは、図太いと言ったほうが正しいかも」

月天子はくすくすと笑う。面白いことを言ったつもりはないのだが。そんな彼と話す中で、ピンと閃く。

「もしかして、命を狙われているから変装が趣味になったの？」

「そうなんです」

趣味の変装にはなんとも悲痛な理由があって、彼を気の毒に思う。

「こうして命を狙われるのは、わたくしだけではありません。父も、祖父も、曽《そう》祖父も、同じように暗殺者に狙われていたといいます」

「立場がある人達も大変なんだ」

「ええ、そうなんです」

幼少期から世話役を何人も死なせてしまったという。自分のせいで命を散らせてしまうのはあまりにも辛い。それゆえに、月天子は孤独でいることを強く望んでいた。

「命の危険があるにもかかわらずそばにいてくださるのは、あなた様が初めてです」

「そうだったんだ」

これまでは近づきすぎないよう命令していた。それに初めて逆らったのが、私だった。

「紫苑様も後宮入りした際は、気をつけてくださいね」

「ますます後宮入りが嫌になったんだけれど」

うんざりしつつも、扉がきっちり閉められた馬車は進む。

どこを移動し、どこに辿り着いたかもわからないまま馬車は停まる。まず、やってきたのは皇后陛下の宮殿。

後宮内は小さな街のようになっていて、皇后陛下と四美人には専用の宮殿が贈られている。後宮の敷地内には、温泉や書店、商店などもあるらしい。

「本当に、ちょっとした街なんだ」

「ええ、そうなんです」

外に出ると、威圧感のある豪壮な建物に圧倒される。建物を支える紅色の柱が、これまで暗い車内にいた私の目に眩しく映った。

馬車を振り返ったが、金華猫やひーちゃん、小鈴がついてくる気配はない。普段であれば一緒にくるようにと引きずり出すが、これから会うのは皇后陛下。粗相があってはいけないので、あやかし達は置いていく。

キョロキョロと周囲を見回す。ピンと糸が張り詰めているような緊張感を覚えた。

そんな状況の中でふと気づく。後宮なのに男性の武官がいる。彼らは宦官なのだと、月天子が教えてくれた。

「白をまとっているのは、宦官である証です。それ以外の男性を見かけたら侵入者なので、気をつけてくださいね」

ちなみに、皇帝陛下は赤い服をまとっているらしい。もしも見かけた際には、侵入者とまちがえないようにしなくてはならないだろう。

「まずは、皇后陛下にあなた様を紹介します。と、その前に。手にしている壺はなんですか？」

「え、お酒だけれど？」

「なぜ、酒を？」

「皇后陛下にお土産をと思って」

冬虫《とうちゅう》夏草《かそう》を漬けた酒だと説明する。月天子はそれ以上の追及はせず、ついてくるようにとだけ言って宮殿のほうへと進んでいった。

皇后陛下の宮殿は、迷路のように入り組んでいた。侵入者避けの仕掛けがあり、隠し扉や地下通路を通っていく。絶対にひとりでは脱出できないような構造である。金魚の糞のように、月天子のあとをついていった。

十五分ほど歩いただろうか。ようやく皇后陛下の私室に辿り着いた。美しい竹細工が嵌め込まれた扉の前には、女官がずらりと並んでいる。月天子の姿を確認すると、深々と頭をさげた。

ここに来てだんだんと体が強《こわ》ばり、心臓がバクバクと高鳴る。月天子が皇太子だと聞いたときも同じ気持ちを味わったが、今回はそれ以上だった。

女官の手によって、扉が開かれる。

まず、黄金の虎の像が目に付いた。純金だろうか。眼光の鋭さに胸の動悸はさらに激しくなっていく。金泥《きんでい》で描かれた壷に、見あげるほどの大きな肖像画、銀細工の簾など、皇后の部屋には絢爛豪華な調度品が惜しげもなく並んでいた。

いくつかの扉を通り抜けたあと、ついに皇后陛下との面会となる。

皇后陛下の前では、皇太子である月天子でさえも膝をついて頭《こうべ》を垂れるらしい。今は女官の月子として潜入しているので平伏している可能性もあるが。その辺の上下関係を私が知るはずもなかった。

月天子と同じように床に膝をつき、頭をさげた。

「面《おもて》をあげなさい」

貫禄が伝わってくるような、低く掠れた声である。命じられたとおり、顔をあげた。すると、皇后陛下とさっそく目が合う。

年頃は四十代後半から、五十代前半といったところか。白髪の一本もない艶やかな黒髪を美しく結いあげており、鳳凰《ほうおう》を模《かたど》った金冠を被っている。

少々ふっくらしているものの、昔はさぞかし美人だっただろうことは見て取れる。

「あなたが、陽紫苑?」

「はい」

「ねえ、まちがいない?」

いったい誰に話しかけているのか。紫苑が首を傾げた瞬間に、皇后陛下の背後にある御《み》簾《す》から、長身の男性が出てきた。

　まず金色の長い髪に驚いた。肌は雪のように白く、背はこの辺で見かける男性よりも遥かに高い。目鼻立ちは人形のように整っている。年頃は三十前後くらいだろうか。

　白をまとう服装から、宦官だというのはひと目でわかった。

「はい。彼女はまちがいなく、陽家の者です」

「そう」

　ここで謎の宦官の紹介がなされた。

「彼は仙人宦官、瞬太監《たいかん》よ」

「はじめまして、家名は瞬、名は九旺と申します。皇后陛下の紹介にありましたとおり、仙人で宦官です」

「せ、仙人⁉」

　仙人宦官について事前に話を聞いていたものの、初めて見る仙人を前に驚き、思わず復唱してしまった。

　この世でもっとも美しいとされるのは仙人や仙女である、という話は耳にした記憶があった。その謂われに偽りない美貌の持ち主である。

　ちなみに太監というのは宦官に与えられる階級で、最も高い身分を示すものなのだとか。つまり、彼は宦官の長。

　ここで、驚くべき事実を彼の口より知らされる。

「紫苑妃、あなたは陽家の歴史についてなにかご存じでしょうか？」

「いいえ、なにも」

金華猫より、かつて陽家の者達は帝都にいたものの、追放されたという話は耳にしていた。けれども詳細は謎に包まれている。そのため、知らないと答えた。

「実は、陽家は後宮で御用聞きをするような高貴な一族だったのです。それが、何者かの陰謀で帝都から追放されてしまった」

「は、はあ」

追放されたのは百五十年も昔のことだという。このたび嫌疑が晴れて帝都へ呼び寄せた、というわけらしい。

「陽家は七十二候ノ国にとって英雄的な一族なんです。そういう話もご存じではないと？」

「ええ、まあ」

瞬太監は陽家の英雄譚を、熱っぽく語り始める。

なんでも、それは二百年以上も時代を遡るらしい。当時、皇帝に化けた邪龍が政治を執る暗黒時代があったという。そんな状況の中で、人々を救ったのが陽家の青年と妻だった。

「陽家の青年が不思議な力を持っていたのはもちろんのこと。邪龍に勝利できたのは、妻の助力のおかげもあったのです」

私と同じように道士だったのかと想像していたが、見事に外れた。

「その妻は、仙女だったのです」

つまり、陽家の者は英雄と仙女、両方の血を引き継いでいる稀なる一族だという。

玉家が邪龍の討伐に協力したという言い方が実は引っかかっていた。なんとなく皇族が倒したものだと思い込んでいたが、英雄はほかに存在していたというわけだ。

「邪龍から人々を救った陽家の夫婦のように、紫苑妃の活躍を心から期待しているわ」

知るはずもなかった陽家の歴史と、英雄と仙女の血を引くという真実に、少々混乱状態になる。なんと言葉を発していいのかもわからなかった。

「紫苑妃、どうかしましたか？」

「紫苑様は、お疲れなのかもしれません」

月天子は私が持っていた酒の壺を優しく引き抜くと、皇后陛下へ手渡した。

「皇后陛下。こちらは紫苑様が趣味で漬けた、冬虫夏草のお酒です」

「なっ!?　い、今は幻となった冬虫夏草!?　まちがいないの!?」

月天子は小首を傾げつつ「ええ、たぶん」と言葉を返す。

「あなたは適当なことを言って！　ねえ九旺、これが本物の冬虫夏草酒か調べておいて」

「仰せのとおりに」

呆然としている私の腕を月天子が引いて、皇后陛下の部屋から連れ出す。ハッと気づいたときには、宮殿の外にいた。

「紫苑様、大丈夫ですか？」

「あ――だ、大丈夫、じゃない。混乱している」

「それも無理はないでしょう」

ただ、ここにぼんやり突っ立っている場合ではない。皇后の宮殿には、次から次へと馬車に乗った訪問者がやってきていた。

これから、私達が生活の拠点とする宮殿に案内するという。そそくさと馬車に乗り込むと、留守番をしていたひーちゃんはお腹を上にして眠っていた。警戒心ゼロである。金華猫は椅子の下から目を光らせていて、そのさらに奥で震えているのが小鈴だろう。

続いて月天子が馬車に乗り込み、ひーちゃんが目覚めた。くわーっとのんきに欠伸をする。合図を出すと馬車は走り始めた。

行き同様、外の様子が見られない状態で馬車が進む。暗い中を他人と過ごすのは落ち着かないが、暗殺対策ならば仕方がない。

この辺りには、皇帝陛下の妃が暮らす宮殿が並んでいるのだという。

後宮内でも芸術的な建築物と言われているのが、四美人の所有する宮殿なのだと。牡丹宮、芙蓉《ふよう》宮、竜胆《りんどう》宮、椿《つばき》宮と、季節を彩る花を冠する名が付けられた美しい宮殿が建っているようだ。

いい機会だと思い、気になっていた四美人について聞いてみる。

「なんとなく、四人の見目麗しいお妃様だってことはわかるんだけれど」

「ええ、そうですね。後宮の妃には、それぞれ与えられる位があります」

頂点に立つのは皇帝の正妻たる皇后陛下だろう。その下が四美人。

「さらに十麗人《じゅうれいじん》、十八佳人《じゅうはちかじん》、二十二別嬪《にじゅうにべっぴん》、四十五弁天《よんじゅうごべんてん》と続きます」

後宮の妃の位は本人の美しさに加えて琴棋書画《きんきしょが》——琴、碁、書、絵と、四芸とも呼ばれる芸事に優れているかも判断材料となる。さらに、本人の家柄も重要だという。

私は国内有数の豪族の娘ということで、十八佳人の仲間入りを果たしたらしい。ちなみに琴なんて弾けないし、書や絵も嗜んでいない。唯一碁だけは打てるが、家族としか対戦した覚えがないので実力に関しては未知数だろう。

今後、私は陽佳人、もしくは紫苑妃と呼ばれるようだ。なんだか気恥ずかしい。

「わたくし達の拠点となるのは、後宮内に隠された隠者《いんじゃ》屋敷と呼ばれている宮殿です」

その昔、嫉妬深い皇后が妃を増やさないようにと皇帝に願ったらしい。しかしながら、皇后との間にできた子どもはなぜかすべて若くして亡くなる。世継ぎが必要だと判断した皇帝はこっそり妃を迎えた。

けれども、皇后がすべて殺してしまったのだ。

どうしたものかと悩む皇帝に、賢い宦官が助言する。後宮内に皇后が発見できないような隠された宮殿を造ればいいのだ、と。

そこで完成したのが、隠者屋敷と呼ばれる宮殿なのだとか。

「いや、でも、どうやって見つからないような造りにしているの？」

「隠者屋敷は地下にあるのです」

「ああ、なるほど。地下か」

隠者屋敷を拠点としていたので、月天子は男だとバレずに潜入できたようだ。

「少々窮屈かと思いますが、息抜きできるような庭ものちほど紹介しますので」

「わかった」

馬車が向かった先は後宮の外。門を潜り抜けた先に、隠者屋敷への出入り口があるらしい。皇后に見つからないよう、出入り口は後宮内には作らなかったそうだ。

馬車にしばし揺られ、木々が鬱蒼《うっそう》と茂る森の中で降ろされた。

なんの変哲もない草むらに月天子がしゃがみ込む。なにか見つけたのかと思いきや、草を摑んでぐいっと引っ張っている。

まさかこんなときに道草を食う気では――と思ったものの、見当ちがいであった。

彼が摑んでいたのは、地下通路へ繋がる入り口の扉の鉉《つる》。開かれた先を覗き込むと、石造りの階段が見えた。

「紫苑様、行きましょう」

「了解」

右腕にひーちゃん、左腕に小鈴を抱える。金華猫は薄暗い地下通路も、怖がらずについてくるだろう。

「金華猫、もしも怖いときは、私の背中にしがみついていいからね」

「あなた、ワタシを誰だと思っているの？」

「可愛い猫ちゃん」

満更でもなかったようで金華猫は否定しなかった。普段は生意気だけれど、こういうところが可愛いのだ。

地下通路は想像していたよりも暗くない。地面には皿に置かれた蠟燭《ろうそく》が灯っていて、足下を明るく照らしてくれる。

石造りの地下通路は、少しひんやりしていて肌寒かった。

月天子が先を歩く。コツコツという足音だけが響き渡る。先が不透明な道筋だったが、ようやく部屋に辿り着いた。

頑丈な鉄の扉の前では、屈強な武官が門番を務めていて、月天子に気づくと扉を開いてくれた。

隠者屋敷の部屋には、淡い光を放つ灯籠《とうろう》が至る所に置かれたり、吊されたりしている。欄間《らんま》には花の透かし模様が美しい板が塡め込まれ、地下なので外は見えないものの、龍が描かれた豪奢な飾り窓もある。

まず目につくのは大きな天蓋付きの寝台か。皇帝が妃と協力して世継ぎを作る場なので、早々に目的が達成できるような構造なのだろう。寝椅子や円卓は見たこともない洗練された意匠で、まじまじと観察してしまう。

続き部屋となった奥には風呂や化粧部屋などがあるらしい。

なんとも華やかで、幻想的な雰囲気が漂う空間であった。さっそく金華猫なんかは寝椅子で寛ぎはじめ、優雅なものである。小鈴は寝台の下に潜り込み、ひーちゃんは女官に遊んでと玩具を渡している。皆、自由だ。

それにしても――と部屋を見渡す。先ほど月天子は少々窮屈だと言っていたものの、隠者屋敷は田舎にある我が家よりは広々としている。

「いや、ここが狭いって、普段、どれだけ広い宮殿で暮らしているの？」

「わたくしの宮殿は、ここと規模は変わらないですよ」

「だったらどうして窮屈だと？」

月天子は目を伏せ、申し訳なさそうに言葉を続けた。

「わたくしもここで暮らすものですから、狭い思いをさせてしまうのではないか、と心配したわけです」

「は？　ここで暮らす？」

「はい、ご一緒させていただきたいなと」

「ナンデ!?　ドウシテ!?　アナタ、皇太子殿下、ワタシ、一般庶民!!」

驚くあまり、言葉遣いがカタコトに変わってしまう。私が動揺を見せているのに、月天子は笑みを絶やさぬまま、しれっとした様子で説明する。

「人喰いあやかしは昼夜関係なく、妃の血肉を求めて徘徊しております。あなた様も危険に晒されるような状況になると想定しているのです。そのため、あなた様をお守りする目的で、常にそばに侍り続けようと思った次第でございます」

「そ、そう」

たしかに、私だけでは人喰いあやかしの退治は難しい。心強い仲間が隣にいたら心配もいらないだろう。けれども、こんな高貴な美少女——ではなく、皇太子殿下と一緒に生活できるものか。部屋を見て回ったがひとり用の部屋にしか見えないし。

皇太子殿下と庶民がひとつ屋根の下で共同生活なんて絶対にありえない。相手の見た目は美少女とはいえ、尊い身分の御方だ。

「あの、もしかして、お嫌なのでしょうか？」

「いやその前に、皇太子殿下とともに暮らすなんて、恐れ多いと思ったんだけれど」

「それは気にしないでくださいませ」

「いやいやいや、気になるから」

軽く言ってくれるが、こちらは庶民生活が染みついている。なにか無礼を働いてしまうのではないかと、気が気でない。

「どちらかと言えば、男と女である点を気にしていただきたかったのですが」

「うーん」

月天子は誰よりも禁欲的に見える。

気にしてほしいと訴える意味とは？　よくわからなかった。

「ではごくごく普通の、恋人同士でない男女が一緒に暮らす場合、どういう心配がありますか？」

「それは――」

未婚の男女がともに暮らすことにおいてもっとも心配な点は、純潔が保てるのかの一点だろう。村の女性達は口を揃えて口にしていた、男は総じてケダモノだと。いくら男装していても、気を抜かないようにと注意してくれた。

「ご安心ください。皇帝陛下の妃に手を出したものは、打ち首と決まっています」

「つまり、あなたが私に手を出すのは、死を意味すると？」

「そういうわけです」

月天子は「これで安心できましたね！」と勝手に解決する。

皇太子と一緒に暮らすのは恐れ多いという私の意見は、見事に無視された。これ以上物申す権利はないのだろう。なんといっても、月天子は雇い主、私は雇われ人でしかないのだから。

私的空間が必要だろうと衝立が用意された。部屋を区切って、ゆっくり寛げる場所を作ってもらう。

「寝台は、紫苑様がお使いください」

「あなたはどうするの？」

「わたくしは寝椅子で十分です」

「いや、ちゃんとした寝台で眠らないと疲れは取れないから」

そう指摘しても月天子は頷かない。その理由は、壮絶なものであった。

「深く寝入ると暗殺者が現れたときに応戦できないので、普段から寝台で眠らないのです」

「そんな理由なんだ」

だったら私と一緒にいる間だけでも、日替わりで寝台を使ったほうがいい。

「侵入者が現れたら、あやかし達が教えてくれるし」

「なるほど。そういうわけでしたか。しかし、わたくしが寝台を使ったら、今度は紫苑様がお困りになるのでは？」

「ぜんぜん困らない」

寝椅子に張られた布と詰められた綿に触れてみたら、普段使っている布団よりも上等なことに気づいた。だから私は、寝椅子でもぐっすり眠れる。

「しかし、なんだか悪い気がするのですが」

「あなた、私の相棒なんでしょう？」

「相棒、ですか？」

「そう」

ふたりで協力しあって、人喰いあやかしを退治するのだ。片方の体調だけが万全では意味がないだろう。

「昔、両親が話していたの。相棒はもうひとりの自分のように大事にしなさいって。そうすれば、作業は絶対に成功するだろうって」

染め物を生業とする両親は、二人三脚で働いてきた。父は母を息がぴったりの相棒だと話していたのだ。

「そんなわけで、よろしく」

手を差し出すと、月天子は目を丸くしていた。皇太子殿下相手に握手を求めるなんて、失礼だったか。引っ込めようとした瞬間、彼は私の手を握り返してくれた。

遠くから見たときは、繊細で白魚のような指先だと思っていた。

けれども実際に触れてみたらごつごつしていて、手のひらには肉刺《まめ》のような凹凸を感じる。皮膚も厚く、硬い。

たおやかな見た目の月天子だが、武芸を身に付けようと日々努力しているのだろう。そんな彼の頑張りがわかるような手のひらの感触だった。

もしかしたら、とんでもなく着痩せする体型で、じっさいは筋骨隆々なのかもしれない。

パッと手を放すと、月天子は頭を垂れる。

「紫苑様、よろしくお願いいたします」

「その様付けも、いらないから」

「では、紫苑とお呼びしてもよろしいのでしょうか？」

「いいよ」

月天子はにっこりと笑った。それは作った上品な微笑みではなく、彼の自然な笑みのように見えた。

そんなわけで、後宮へとやってきた私は、月天子とともに人喰いあやかし退治を目標に調査を開始する。

この先どうなるのかは、天帝のみが知るのだろう。

どうか、平和に事件が解決しますように。

絶対に無理だとわかっていても、祈ってしまった。

第一章 春霞──その女、夜叉の疑いあり

翌日――ひーちゃんの尻尾が顔にもふっと直撃した衝撃で目を覚ます。尻尾をよけて起きあがった。地下なので部屋は真っ暗。今が朝なのかもわからない。円卓に置かれた角灯を手に取り、状況を確認する。

ひーちゃんは私にお尻を向けた状態で眠っていた。手足がパタパタ動いているのは、散歩に行く夢でも見ているからなのか。

小鈴は私の足下ですうすう寝息を立てている。寝顔が穏やかだったのでホッと胸を撫で下ろした。金華猫は寝台のど真ん中を占領していた。今になって気づいたのだが、私は寝台の端に追いやられていたようだ。

寝台の周囲には衝立が置かれ、周囲からは見えないように工夫されている。こちら側からは、衝立の向こうにある寝椅子で休む月天子がどのような状態かわからない。毎日寝台では眠っていないと聞いたが、きちんと眠れただろうか。

皇太子という立場にいると命を狙われたり、熟睡できなかったりと大変だ。それが普通だというので、驚くしかない。

びっくりしたのはそれだけではなかった。昨夜の食事も、彼の生活に合わせたものが出てきたのだが……。

宮廷料理なんて豪勢な料理だと信じて疑わなかったが、想像とは異なる料理が提供された。なんと、冷えているうえに信じられないくらい味が薄かったのだ。

毒見をする時間があるので、料理が冷えるのは理解できる。けれど味が薄いのはどうにかならないものか。正直に訴えたところ、月天子から衝撃の事実を聞かされる。

料理の味が濃いと毒に気づきにくい。そのため、味付けは最低限のものになっていると。まさか、味付けまで暗殺を警戒していたとは……。心底気の毒になってしまった。

しばしぼんやりしていたら、女官がやってきて着替えを手伝ってくれた。

用意された服一式は、男性用のものである。本気で男装の妃として迎え入れてくれたらしい。差し出された袖に腕を通すと、これまで触れたことがないような上等な布地だと気づいた。これが噂に聞く絹なのか。よくわからない。

とにかく高価な品であるのは確実だろう。髪は馬の尻尾のように結いあげられ、化粧も施される。生まれて初めての化粧に戸惑ったのは言うまでもない。

そうこうしている間に月天子は起床し、身なりを整え終えたようだ。今日も目が眩むような美少女である。

「おはようございます、紫苑。今日もすてきですね」

「同じ言葉を返すよ」

「ありがとうございます」

見た目だけは立派な美少女とともに、毒見を終えた粥を食べる。相変わらずの冷めっぷりである。豪勢な器に盛り付けられて運ばれてきたため、鱶鰭《ふかひれ》や鮑《あわび》なんかが入っているのではないかと期待したものの、見当たらず、味付けも塩だけという単純極まりない一品であった。

それにしても、なぜ私は帝都で皇帝陛下の妃なんかやっているのか。目の前の、超絶美少女を差し置いて私が抜擢されるなんてありえないだろう。しかしまあ、目の前にいるのは皇帝陛下の子どもで、かつ男であるのだが。

私の視線に気づいた月天子が、可愛らしく小首を傾げながら問いかけてくる。

「紫苑、いかがなさいましたか？」

「やっぱり、あなたが妃になったほうがよかったんじゃないかと思って」

「いいえ、紫苑以上の適任者はいないとわたくしは判断しております」

過大評価である。早く私の実力に気づいてほしいが、残念ながら披露する場がなかった。

「田舎暮らしの教養もない娘になにができるの？」

「ご自身を卑下なさらないでくださいませ。わたくしは、あなた様が陽家の御方だという理由だけで依頼したわけではありませんので」

「え、そうなの？」

なんでも私の家に立ち寄る前に、私についての話を聞いて回ったのだという。

「ちなみに、村の人達はなんて言っていたの？　たぶん、悪口だと思うけれど」

「男性はあなた様を、ごうつくばりの守銭奴、気が強い女、ひとり寂しく暮らす奴と言っておりました」

紛うかたなき悪口である。それらの言葉を普段から浴びていたので、まあ予想どおりと言えばいいものか。

「一方で女性はあなた様を、自立していてすてき、親切、もっと仲良くなりたいと口々におっしゃっていたのです」

そう、年齢を問わず女性受けはよかったのだ。これだけは自慢できるだろう。

「話を聞いたうえで、女性しかいない後宮に潜入し調査するにあたって、あなた様以上の適任者はいないと判断しました」

ただその情報を得て尚、依頼をするか否かは本決定ではなかったらしい。

「最後に、わたくしが直接あなた様とお会いして、お話ししてから判断しようと考えておりました」

最初に見たのは瞳だったという。

「わたくしを警戒するような瞳でした」

「いや、なんていうか、初対面の人は全員警戒しているから」

「それでよいのです」

通常、人という生き物は相手が女性かつ美しかったら、初対面であっても油断するらしい。その点も確認したいので、わざわざ変装した姿でやってきたようだ。

なるほどと思いつつも、月天子は自らの美しさについてよくよく理解しているのだな、と感じた。いや、無自覚の美貌は争いの種を生むので非常に頼もしいことだが。

「次に確認したのは、わたくしが身分を明かした際に、態度がどう変化するのか。あなた様はさほど動揺せず、畏縮も見せず、堂々となさっていました」

「いや、十分畏縮はしていたけれど」

「そうは見えませんでした。大事なのは、感情をわかりやすく表に出さないことかなと思いまして」

四美人と接するとき、度胸が必要になる。私の失礼とも言える態度は、逆に後宮を渡り歩くには有利なのだとか。

「最後に、報酬に酷く執着している点もわたくしはよいなと思いました」

「恥ずかしいからやめて」

月天子は目に見えないものを信じないのだという。その点は、私達は似た者同士だと評した。

「もしもあなた様が強い正義感からこの依頼を受けると言ったら、お断りするつもりでした。どうしてだと思いますか？」

「うーん、わからない」

月天子は出来の悪い生徒に教える教師のように、優しく説いてくれる。

「人の感情というのは損得勘定で揺れ動く。それらの指針は人それぞれ。それに大きな脅威を前にしたら、あっさりと正義感なんて消えてなくなってしまいます」

その点、報酬を得るために依頼を受けると決意した私は、実に単純で信頼できると判断したらしい。なんというか、短い滞在の中でここまで調査し、行動や言葉を観察されていたとは思いもしなかった。

おそらく彼は幼い頃から命を狙われ、出し抜こうとする者達によって酷い目に遭ってきたのだろう。だから人付き合いにも慎重になる。

「総じて、わたくしは紫苑を人喰いあやかしを退治するにふさわしい強い御方だと判断したわけです。あなた様を選んだ理由について、納得していただけましたか？」

「うーん、まあ、さっきよりは」

「よかったです」

にっこり微笑む月天子を前に、やはり油断ならない人物だなとひしひしと痛感したのだった。

食後、本日の任務について聞かされる。これから調査対象となる妃のもとへ挨拶に行くようだ。

「まずは、もっとも怪しいとされる妃のもとへ向かいます」

四美人のうちのひとり、春蘭《しゅんらん》妃が住む牡丹宮では、たびたび夜叉《やしゃ》が目撃されているようだ。

「夜叉って、有名な人喰いあやかし!?」

「ええ」

夜になった途端、牡丹宮内に不可解な物音が響き渡る。太鼓や銅鑼《どら》を叩くような、真夜中に耳にするには極めて不気味なものらしい。

その後、夜な夜な刀を振り回す夜叉の姿が目撃されているという。あまりにも恐ろしいため、近づいてその姿をはっきりとは確認しなかったようだ。

「春蘭妃は、母に続いて四美人の中でもっとも長く後宮に身を置く妃です。後宮の妃らをまとめる存在でもあります」

年齢は三十歳。十四歳のときに後宮入りしたらしい。

商家の生まれで、芸に優れているというわけではないものの、過去に三人の皇子を産んで二十二別嬪から四美人に上り詰めた。皇子が誕生した当時、流行病に罹った妃らは子どもを産むどころではなかった。そんな中で、春蘭妃はひとりで三人も産んだ。それが特別に評価され、今の地位に収まっている。

「商家の娘ってわかっているのに、あやかしの疑いがあるんだ」

「妃はすでに喰われていて、あやかしが化けている可能性もあるのです」

「ああ、なるほど」

ならば、金華猫に妃を確認してもらったら、あやかしかどうかわかるのではないか。そう提案するも、金華猫から無理だと一蹴される。

「ワタシ、百年以上前に封印されたときに力もほとんど封じられたの。それが、完全に解けていない状態なのよ」

つまり、現在の金華猫の力は百年以上前の三分の一以下。そのため、化けを見抜くような能力はないという。

あやかし視点からの調査を月天子は期待していたのか、少しがっかりしたような表情を浮かべた。

「えー、なんというか、うちの金華猫が可愛いだけしか才能がなくて、申し訳なかったなと」

「いいえ、お気になさらず」

可愛いだけしか才能がない金華猫は、誇らしげにスンと胸を張っていた。

その強気の姿勢、嫌いじゃない。

月天子は昨日のうちに、春蘭妃に挨拶したいという旨の手紙を送ってあるらしい。今朝方返事が届き、好きなときに来るようにとあったようだ。

「では、行きましょうか」

「了解」

あやかしの仲間達を誘ったものの、応じてくれたのはひーちゃんだけだった。

「ひーちゃん、おとも、するよ！」

「うう、ひーちゃんは本当にいい子」

遅れて小鈴も一緒に行くと言ってくれたが、明らかに月天子を怖がっている。可哀想なので留守番を頼んだ。

金華猫に頼んで、ひーちゃんが普通の犬に見えるよう幻術をかけてもらう。

「じゃあひーちゃん、行こうか」

「はーい」

地下通路を通り抜け地上へ出ると、外は雨だった。ザーザー降りではなく、しとしとと降る静かな雨である。

「これは、まさしく桃花《とうか》の雨、ですね」

「ん、なにそれ？」

「春に降る雨の呼び名です。発火雨《はっかう》とも呼ばれているのですが――」

月天子が桃の花を指差す。

「ああやって、雨に濡れた桃の花が、小さな火を点したように見えるでしょう？」

「ああ、なるほど」

曇天の下に咲き誇る桃の花は、晴天時よりも色鮮やかに映った。その美しさに感嘆した誰かが、桃の花が映える雨の景色を桃花の雨や発火雨と呼んだのだろう。

私達がただの通りすがりならば、桃の花を前に詩でも詠んでいたかもしれない。残念ながら、そういうことをする暇などなかった。

馬車に乗り込み、牡丹宮を目指す。相変わらず、車内は暗殺対策で暗い。不思議と昨日よりは気まずくなかった。きっと慣れたのだろう。ひーちゃんのハッハッハッという息遣いだけが聞こえた。

馬車が停車し、外からコツコツ叩く音が響く。

到着したという合図らしい。

「言い忘れておりましたが、御者が車体を叩く合図がなければ襲撃です」

「さらっと怖いことを言うね」

「わたくしにとっては、日常茶飯事ですので」

「酷い話だ」

ひーちゃんは馬車の中でお留守番である。

「いい子にしているんだよ」

「わかった！　ひーちゃん、いいこしてる！」

「よろしくね」

任せろと言わんばかりに、ひーちゃんは片方の前脚をあげた。

馬車を降りると、雨がやんでいることに気づく。薄曇りと表現すればいいのか、雲間から太陽の光がわずかに差し込んでいた。

後宮の東に位置する、牡丹宮が堂々とそびえ立つ。海のような青い瓦と白亜の煉瓦で造られた、爽やかな雰囲気を感じる宮殿である。周囲には桃の木が植えられており、花盛りを迎えていた。風が吹くと、花びらがはらはらと舞う。

「さあ、紫苑、まいりましょう」

月天子が振り返り、手を差し伸べる。背後にあった桃の花と相まって、秀麗な絵画のように見えてしまった。

彼が生きる美しくも残酷な世界に、足を踏み入れてもいいものなのか。後戻りをするならば今しかないだろう。

　どうしてかわからないが、本能的に悟った。

　この依頼を達成できたら、生涯遊んで暮らせるほどの報酬が手に入る。けれども、人喰いあやかしを退治するという危険な内容だ。無謀なことをして命を落とすかもしれない。餌として、無残に喰われるだけかもしれない。

　金華猫の言うとおり、私はバカなのだろう。だって月天子が淡く微笑んだ瞬間、彼の手を取っていたのだから。

　月天子は私を美しさに惑わされない強い人間だと評した。けれども今、しっかり彼の美しさに惑わされている。

　これでいいのかわからないが、茨の道に足を一歩踏み入れたのはたしかだろう。

「紫苑、足下が濡れていますので気をつけてくださいね」

　雨で湿った大理石は滑りやすい。月天子はそう続ける。田舎育ちなのでぬかるんだ道には慣れている。そう思った瞬間、足をずるっと滑らせた。

「どわ――！」

「危ない！」

　月天子は私の腰に腕を回し、しっかり支えてくれた。私は彼よりも背が高く、体格もがっしりしている。それなのに、月天子は顔色ひとつ変えずに受け止めた。それだけではなく上体を起こして元の状態にまで戻してくれる。

意外と腕力はあるようだ。人は見た目に寄らない。たおやかな見た目から想像できない力強さに、妙に胸がドキドキしてしまう。

「紫苑、大丈夫ですか？」

「このとおり、大丈夫。えー、その、意外と力があるんだね」

「はい。胡桃くらいでしたら、手の力だけで割れます」

「す、すごーい」

そういえばと思い出す。以前、小刀を握ったときもいっさい隙がなかった。触れた手も、戦う人の手そのものだった。以前感じたように、月天子はとんでもない武芸の達人なのだろう。

なんてことを考えつつ、牡丹宮の中へと歩いていく。

月天子の言っていたとおり話は通っており、怪しまれずにあっさりと入れた。牡丹宮の女官の導きで春蘭妃がいる部屋まで案内される。

なぜか、月天子は私の手を握ったまま進んでいく。転ばないか心配なのだろうか。大理石の道は歩き慣れていないが、ただの床で転ぶわけがないのに。けれども手のひらの温もりを感じていると、不安な感情が薄くなったように思えるから不思議だ。

途中、美しく着飾った女性とすれちがう。彼女らは上級妃のもとで行儀見習いを行っている下級妃らしい。年頃は、十六、十七といったところだろう。まだ子どもにしか見えないが、皇帝の妃として後宮にいる。なんだかすごい世界だと思ってしまった。

春蘭妃の部屋の前に辿り着くと、月天子は手を離して一歩うしろにさがった。

そして、扉が開かれる。

部屋の中心の置かれた豪奢な寝椅子に、春蘭妃は腰かけていた。体をぐったりと背もたれに任せ、欠伸をしつつ私達を出迎えた。

長く艶のある髪は、芸術的なまでに美しく結いあげられ、青龍《せいりゅう》を模った銀冠と簪《かんざし》が輝いていた。春蘭妃が動くたびに、簪から垂れる房飾りがシャラシャラと、きれいな音を鳴らす。

青地の布に金糸で刺繍された牡丹のお召し物は、ハッとするくらいの麗しさだ。もちろん、それを着こなす本人もまた美しい。絶世の美女である。

部屋は薄暗いが、その中でも春蘭妃は輝かんばかりの美しさを放っていた。

普段はキリッとしている美女なのだろうが、今現在の春蘭妃はかなり眠たそうに見える。夜に活動が活発になる御方なのだろうか。

「おい、武官。いつまでも突っ立っていないで背後にいる妃を紹介しろ」

背筋がピンと伸びるような、凛とした声だった。背後にいる妃の意味がわからなかったものの一歩前に出て膝を突く。とくになにも考えてきていなかったが、自己紹介してみた。

「お初にお目にかかります。わたくしめは、十八佳人のひとり、陽紫苑と申します」

「は？」

「十八佳人、陽紫苑です！」

元気が足りなかったのかと思い、一回目よりも大きな声で発してみた。

「お前が、妃なのか？」

「はい」

春蘭妃は眉間に深い皺を寄せ、こめかみを押さえている。なにかおかしな発言を口にしたのか。月天子を振り返るわけにはいかない。そのまま春蘭妃の次なる言葉を待った。

「そのような恰好をして、お前は武官で背後にいる女が妃かと思ったぞ」

「ああ、そういうことでしたか。背後にいるのは、女官の月子です」

背後にいる妃の意味を今になって理解する。春蘭妃は、私の背後に控えていた月天子を新しい妃だと思っていたようだ。

「なぜ、男の恰好をしている？」

「動きやすいからです！」

あまりにもハキハキと返しすぎたのか、春蘭妃の眉間の皺がさらに深まってしまった。

「そういった恰好は、男にのみ許されたものだ。着替えて出直してまいれ」

「それはできません」

「なんだと？　そのような恰好の妃を陛下が目にしたら、なにを感じるのか想像しなかったのか？」

皇帝は厳格な御方だろう。春蘭妃以上に眉をひそめるかもしれない。だがここで言い負かされるわけにはいかなかった。

「面白い女だと、思うかもしれませんね！」

「バカな！　皇帝陛下のために存在する妃が、かのような恰好を許されると思うなど言語道断！　気分が悪い！　今すぐさがれ！」

「はっ！」

春蘭妃は私の男装を責めていたが、問題は別にあるように思えてならない。私の勘がそう告げていた。

こういうとき、どうすればいいものか。

ふいに、父が言っていた言葉を思い出す。母が怒ったとき、理由をよく理解しないまま謝ったりへりくだった態度を取ったりしても逆効果となると。

春蘭妃が怒った真なる理由を察することができなかったので、そそくさと春蘭妃の住まう牡丹宮から撤退した。

馬車に戻り、ひーちゃんの大歓迎を受けた瞬間、心臓がバクバクと激しく脈打った。

ひーちゃんを抱きしめ、ぽつりと感想を口にする。

「こ、怖かった……！」

続けて馬車に乗った月天子は、「間が悪かったようです」と感想を述べる。

「いや、なんていうか、取り付く島もなかったのだけれども！」

春蘭妃と打ち解け、話をするまでの仲になるのは困難なのではないか。この任務の難しさを痛感する。

「紫苑、ひとつだけ質問してもよいですか？」

「ん、なに？」

「あなた様が男装をして生きる意味を知りたいなと。ただ、動きやすいからという理由ではないですよね？」

「それはまあ、そうだけれども」

　ほかに理由があることを見抜かれていたようだ。

　男装し続ける理由は――陽家の女はそうするようにと父から言われていたから。それもあるが、本当の理由は誰の手も借りずに生きていこうという、決意の表れかもしれない。誰かになにか言われたからといってやめるわけにはいかない。そんな心意気で、毎日袖を通しているのだ。

　べつに隠すことでもないので、そのまま月天子に伝えた。

「それはとても勇気がいる行動だったでしょうね。これまでよく頑張りました」

　褒められるとは思っていなかったので、胸がじんと熱くなった。

「私、頑張っていた？」

「ええ。誰にでもできることではないですよ。とても偉いです」

　自分の力で生きていくのは当たり前だと思っていた。けれど、これまで生きてきた道を彼が認めてくれたことで、自分がピンと気を張って生きてきたことに初めて気づいた。

　目頭がカッと熱くなる。じんわりと涙がこみあげてきたが、月天子の前で泣くわけにはいかない。彼の前では常に強くありたいから。

ひーちゃんをぎゅっと抱きしめて、顔を埋める。隠者屋敷に帰るまで、月天子に顔を見られないように努めたのだった。


たった一回の失敗でくよくよする私ではない。三日後に再び、牡丹宮を訪問する約束を取り付けた。

それまでどうやって春蘭妃を懐柔しようかと話し合った。正直なにも思い浮かばなかったものの、最後の最後で思いつく。

ふわふわした可愛らしい生き物が好きな人も多い。世界一可愛いうちのあやかし達を前にしたら、春蘭妃もにっこり笑顔になることまちがいなしだろう。

金華猫には同行を拒絶されてしまったが、ひーちゃんと小鈴は同行してくれるという。

「これで、春蘭妃の心をがっちり摑めるはず」

拳を掲げつつ確信していたものの、月天子から指摘が入る。

「そんなに単純なものでしょうか？　仮に春蘭妃が動物愛好家だとしても、紫苑に心を許すというのはまた次元がちがう話のように思いますが」

月天子の言葉が胸に突き刺さる。けれども、ほかになにも作戦を思いつかないのだからやるしかない。

「大丈夫！　絶対にうまくいく！」

それは皆に聞かせる言葉というより、自分の中にある不安を打ち消すようなものだった。

牡丹宮を訪問する当日、小鈴は狸に化け、ひーちゃんは犬に見えるよう金華猫に幻術をかけてもらった。

完璧な状態で、彼女らを連れて牡丹宮に向かう。相変わらずの薄暗い部屋で、春蘭妃は私達を迎えてくれた。我が家の最強に可愛い犬と狸をしかと見よ！という気持ちで春蘭妃に紹介したのだが――。

「な、なんだ、その獣《けだもの》は！　わらわは、毛むくじゃらが大嫌いなのだ！　すぐにここから立ち去れ！」

前回同様、春蘭妃を怒らせてしまった。実りもないまま牡丹宮をあとにする。

それにしても、春蘭妃は以前にも増して眠そうに見えた。やはり夜型人間なのか。

私達がやってくるというので、無理して眠っているはずの時間に起きて応対している可能性もある。眠たい時間に訪問する者ほど迷惑な存在はいないだろう。睡眠が足りてないあまり、怒りっぽくなっているのか。よくわからない。

馬車に乗り込み、合図を出したら走り始める。

車内の空気が重たい。作戦実行前に、月天子はもう一度きちんと作戦を練ったほうがいいと意見していた。その言葉を無視して無理矢理進めたのは私である。彼の言うことにまちがいはなかった。

「なんていうか、月天子、ごめん」

「なんの謝罪ですか？」

「いや、作戦の実行はもっと慎重に進めたほうがいいって言っていたのに、強引な一歩を踏み出してしまったから」

「べつに謝る必要はありません。時には勢いというものも必要でしょうから」

なんてできた男性《ひと》なのか。偉ぶることはなく、他人の失敗を前にしてもバカにすることもなく。村の男どもに、月天子の考えや行動を見せてやりたい。

未来の皇帝陛下は人の心を慮《おもんぱか》れる素晴らしい御方だ。七十二候ノ国の未来は明るいだろう。

「次はもっと慎重になるから」

「ええ、よろしくお願いいたします」

と、月天子への謝罪と反省はこれくらいにして。ほかにも、謝らないといけない相手がいる。ひーちゃんと小鈴だ。せっかく協力してもらったのにただ怒られただけだった。

「ひーちゃん、小鈴、ごめん」

「だいじょうぶ！　きらいなものは、だれにだってあるから！　ひーちゃんも、けむし、きらいだし！」

前向きなひーちゃんの言葉に救われる。頭をよしよしと撫でてあげた。

小鈴はなにか気づいたことがあったようで、私達に教えてくれた。

「あの、気のせいかもしれないのですが」

「うん、いいよ。話してみて」

　小鈴は春蘭妃の部屋である物を発見したらしい。

「壁際に大きな棚があって、そこにずらりとお酒が並べられていたのです。もしかしたら、春蘭妃はお酒をお好みなのかなと思いまして」

「それだ！」

　部屋は薄暗かったので、調度品などになにがあるか把握できていなかったのだ。さすが、暗い中でも視力を発揮するあやかし。月天子も酒は見えていなかったらしい。

「なるほど、酒ですか」

「だったら次は、帝都で有名な高級酒を土産に持っていけばいいのでは!?」

「待ってください。相手の好きなものを贈るというのは、そう単純な話ではありません」

「どういうこと？」

　土産をもらって喜ばない人がいるというのかと問いかけると、月天子は深々と頷く。どうやら、単純な話ではないようだ。

「紫苑は好きな食べ物などありますか？」

「うーん、あんまんじゅうとか」

「どこのあんまんじゅうでもいい、というわけではありませんよね？」

「あ、そうかも」

　私の場合は、母が作ったあんまんじゅうが大好きなのだ。もう二度と味わうことはできないけれど……。

「酒の種類は多岐にわたります。好みでない酒を贈られても、微妙な気分となるでしょう」

「ああ——そうか」

好物を贈ることの難しさに気づき、頭を抱え込む。

さすがの小鈴も、酒の種類までは確認できなかったようだ。

「お酒が入った陶器の瓶《かめ》には、種類が書かれた紙が貼られていたように思います。けれども、そこまで記憶しているわけではなくて……。紫苑様、申し訳ありません」

「いやいや、酒がたくさんあるって報告だけでも、大きな一歩だから」

大いなる収穫があった。「偉い、とても偉い！」と言いながらもふもふと小鈴の頭を撫でる。ひーちゃんも一緒になって「こりん、えらい！」と叫んでいた。

車内は薄暗く、小鈴がどんな反応をしているのかわからない。けれども大人しくしているので、撫でられるのは嫌ではないのだろう。

「それにしても、春蘭妃の好みはどこで探ればいいものか」

出入りの商人か、はたまた牡丹宮に勤める女官か。

「おそらく、簡単には話さないでしょう。金を用意すれば情報を引き出せるでしょうが」

「う——ん」

なるべく調査に金は使いたくない。そう訴えると、月天子は思いがけない調査方法を提示した。

「では、皇后陛下から春蘭妃についてお話を聞くのはいかがでしょうか？」

その手があったかと思いつつも、春蘭妃以上に緊張する相手と話す必要があるようだ。

「これから皇后陛下のもとへ向かいましょう」

「これから!?」

「ええ」

「いきなり行ったら、失礼に値するのでは!?」

戦々恐々と問いかけると、月天子は首を横に振った。

「心配ありません。皇后陛下は以前から、あなたと話をしたいとお望みでした」

「私となにを話すって言うの!?」

「以前献上した、冬虫夏草の酒について聞きたいそうですよ」

「へ!?」

行き先を変更した馬車はガタゴト揺れながら、皇后陛下の宮殿へ向かっていった。

緊張のあまり寒気がしてきて、ひーちゃんと小鈴を膝にのせて暖を取る。

皇后陛下の用件はなんなのか。冬虫夏草の酒になにか問題があったとか？　なんでも、暇があったら来るようにと手紙に書かれてあったのだとか。詳しい話は月天子も知らないらしい。

あっという間に皇后陛下の宮殿に辿り着く。仕掛けの多い廊下と部屋を通り抜け、ご対面の瞬間を迎えた。

本日も、皇后陛下の背後には仙人宦官の瞬太監が控えていた。顔面が麗しく光り輝いているような、相変わらずの見目のよさである。

皇后陛下は睡蓮が描かれた扇で口元を隠しつつ、急遽押しかけることとなった私達へ言葉をかける。

「いつでもいいとは手紙に書いたけれど、本当に突然なのね」

謝罪をしようかと頭をさげた瞬間、月天子が弁解してくれた。

「皇后陛下、提案したのはわたくしです」

「そう。あなた達もなにか私に用事があるのでしょう?」

「はい。ご相談がありまして――」

二度、春蘭妃と面会したものの、怒られた挙げ句、宮殿を追い出されてしまったのだと話す。

「どうして春蘭妃は怒ったの?」

「最初は私のこの恰好がお気に召さないようでした」

「そうねえ。春蘭妃は規律には人一倍厳しい御方だから、それも無理はないと思うわ」

続いて、犬と狸を同行させ、怒られてしまった件を打ち明ける。

「そういえば春蘭妃は、幼い頃に犬に追いかけられて以来、大嫌いだという話を聞いた覚えがあるわ」

「でしたら、逆効果でしたね」

皇后陛下が知りうる限りの情報を、教えていただく。

「春蘭妃とは、月に一回くらいの割合でお茶会を開いて近況を伝え合うの」

読書が趣味で、ついつい夜更かしして読むこともあるらしい。眠そうにしていた理由は、趣味の読書が原因だったようだ。

「それから、お酒も大好きだと言っていたわ」

「その件について、詳しくお聞かせいただけないでしょうか？　好みとか、飲み方とか」

「詳しくといっても、ただお酒をよく飲むと聞いただけよ」

「そう、でしたか」

次回会うときに酒を献上し、打ち解けるきっかけになればという作戦なのだが……。春蘭妃は酒が好き。これ以上の情報は得られなかった。

「お酒と言えば、あなたが漬けた冬虫夏草酒、すばらしかったわ！」

「お口に合ったようで、なによりです」

「このところ咳き込んだり、目眩を覚えたりしていたのだけれど、冬虫夏草の酒のおかげですっかりよくなったわ」

「はい？」

皇后陛下の言葉に首を傾げる。

冬虫夏草の酒を飲んだだけで、体の調子がよくなったと？

「大変貴重な冬虫夏草の薬酒を入手できるなんて、思ってもいなかったわ」

「薬酒、ですか？」

「ええ、そうだけれど……その反応、まさか、薬効をご存じなかったの？」

「はい。冬虫夏草の酒は、体にいい酒として陽家に伝わっておりましたが、たしかな薬効があるとは知りませんでした」

村人達は鴨の煮付けなどに冬虫夏草を使っていたようだが、我が家ではもっぱら酒に漬けていた。

「冬虫夏草で煮付けを作るですって!? なんて贅沢な……」

村の周辺によく生えていたので、皆、山菜気分でバクバク食べていたのだろう。帝都ではもう何年も店頭に並ばず、裏でこっそり取り引きされるような稀少な品らしい。

「知らないというのは罪ね」

「ええ、本当に。薬酒という言葉も初めて聞いたくらいで」

飲むと薬効を発揮する酒をそう呼ぶらしい。

「九旺、薬酒について教えてあげて」

「はっ！」

薬酒に詳しい瞬太監がわかりやすく説明してくれた。

「まず、仙人や仙女が住まう蓬莱には、食養生や薬食同源という言葉があります」

食べ物も健康を左右することから薬同然である、という考えがあるらしい。

「体にいい食材が漬けられた酒もまた、薬と同じなんです。それゆえに、薬効のある酒を薬酒と呼んでいるようですよ」

「なるほど」

冬虫夏草は肺機能を高めるほかに、喘息や貧血にも効果を発揮するという。

「紫苑妃、ほかにどんな酒を漬けたか、教えていただけますか？」

「んー、果実酒が多いんだけれど。いちじくにみかん、林檎、桃、梨、柿、枇杷《びわ》、梅……。ほかは、冬瓜、とうもろこし、菊花、紅花、クコの実、はと麦とか。とまあ、いろいろ」

あやかし退治で得た食料で食べきれないものは、なんでもかんでも酒に漬けていたのだ。

「こういうのでも、薬効とかってあるの？」

「ええ、すべてございます。たとえば、いちじくは不老の果実とも呼ばれておりまして、血液をさらさらにし、美肌効果も期待できるかと。また、胃腸の調子も整える上に、便秘にも効果的なんです」

「いちじく酒、すごい。まるで万能薬のようだ！」

ほかの食材もそれぞれ薬効を発揮するらしい。普段口にしている食材に、薬のような効き目があるなんて。

「薬酒について知りたい場合は、尋ねてください」

後宮内に瞬太監の屋敷があるという。いつでも訪問していいようだ。

薬効がわかったら、会話の種にもなるだろう。

ぜひともよろしくお願いいたします、と頭を深々とさげた。


帰りの馬車の中の雰囲気は、行きほど暗くない。薬酒という情報を得て、春蘭妃と打ち解ける鍵を手にしたからか。

「それにしても、仙人宦官の知識はそうとうなものだな」

「普通の人間よりは、年齢を重ねていますからね」

「なるほど。何年くらい生きるんだろう?」

「仙人や仙女は、不老不死らしいです」

ふと、ここで気になる。

「そういえば、陽家の先祖に仙女がいたって話だけど、その人ってまだ生きているとか!?」

「いいえ、仙女はご主人とともに墓に入ったそうですよ」

追放と同時に墓も帝都から移されたらしい。現在、どこにあるのかわからないと月天子は申し訳なさそうに話す。

「不老不死である仙女は、どうして亡くなったの?」

「結婚した夫と同じ時を生きたいと望み、短い寿命にしてもらったと伝わっています」

「へえ」

さらに話を聞いてみると、陽家の仙女というのは大きな力を持った存在ではなかったという。平々凡々な仙女だったと。

なんだか一気に親近感が湧いてきた。

「その後、陽家の者達は仙女の血を引いていましたが、とくに特別な力などは備わっていなかったようです」

「ふうん」

私の中に秘めたる仙女の力が……!?　なんて妄想をしかけたが、力はないとわかってがっかりする。

「陽家の一件は、本当に申し訳なく思っています」

「いや、べつにあなたが陽家を追放したわけではないでしょう」

「ええ、そうなのですが」

月天子はしゅんと顔を俯かせる。

元気づけるために、肩をポンと叩きながら言った。

「気に病むことはないって」

「紫苑……ありがとうございます。出逢えた陽家の人間があなた様で本当によかった」

気難しい母だったら、怒っていたかもしれない。ちゃっかり者の父だったら、金銭をやたらと要求していた可能性がある。

私が守銭奴なのは、確実に父親の遺伝だろう。

帰宅後は、衣装部屋に運び込まれた酒を月天子に紹介する。ずらりと並んだ酒の数は三十以上あった。

「これはすごいですね。すべて紫苑が漬けた薬酒なのですか？」

「うん、そう」

蓋を開いて月天子に自慢する。

「いい匂いでしょう？」

「ええ。驚きました。果実酒は、こんなにも芳醇な匂いがするのですね」

「そうなんだよね」

私はあまり酒が飲めないものの、漬けた酒の匂いをかぐのは大好きなのだ。

酒の入手先は、村にあった酒造屋。あやかしは酒が大好物で、酒造屋はたびたび襲われていたのだ。あやかし退治をするたびに酒をもらっていたので、我が家は酒だらけだったわけである。

余った食材を酒に漬けたらいいのではと提案したのは金華猫だ。助言というよりは、自分がよりおいしい酒を飲みたかっただけなのかもしれない。

「あやかしは酒好き……ですか」

七十二候ノ国には、女性が酒を飲むと虎になるという言い伝えがあるらしい。男達が怖がるので女性の酒好きは隠すことが多いという。

けれども春蘭妃は堂々と酒を飾っていた。もしも春蘭妃が人喰いあやかしであれば、酒好きにも納得できる。

どの酒を持っていこうか。迷っているところに、月天子が指差す。

「先ほどかいだ酒は、もしかして金柑《きんかん》ですか？」

「そうだけれど」

「でしたら、持っていくのはこれにしません？」

なんでも金柑は金冠とも書き、財宝を意味する縁起のよい柑橘らしい。また実を多くつけることから、幸運を招き、願いを叶え、子孫繁栄をも約束するという。

「金の冠とも書く柑橘か。春蘭妃の金冠や簪は印象的だったからいいかもしれない」

「あの冠と簪は皇帝の子を産んだ妃にのみ贈られる、特別な品なのですよ」

「だったら、余計に都合がいい」

これまでは不興を買うばかりだったが、今度は春蘭妃について考え、用意した品だ。きっと喜んでもらえるはず。

「この金柑にも、なにか薬効があるのかな？」

「そうなのでしょうね」

「だったら、瞬太監に薬効について聞きにいってみよう」

金柑だけではなく、目に付いた薬酒に使った食材を書いておく。薬効一覧みたいにしておけば、用途ごとに薬酒を飲めるだろう。

先触れはいらないというので、月天子と一緒に瞬太監の屋敷まで向かった。

馬車に揺られながら、ぽつりと呟く。

「宦官って偉くなったら、屋敷が建つんだ」

「ええ。瞬太監の行いは七十二候ノ国の歴史の中でも、偉大なものとして評価されているようです」

五十年ほど前までは、皇帝陛下の右腕として政治に参加していた。けれども年々瞬太監を支持する者達が増えていき、皇帝をもしのぐ人望が集まりつつあったらしい。それに危機感を覚えた瞬太監は後宮に引きさがり、皇后を手助けする存在になったようだ。

「瞬太監の行いは、皇族にとってありがたいものでした。あのまま彼が政治に関わっていたら、宦官が朝廷で大きな顔をしていたかもしれません」

その昔、七十二候ノ国の歴史の中で宦官が皇帝を傀儡《かいらい》とし、政治を乗っ取っていた時代があったという。過去の事件から推測するに、宦官の存在は時に脅威ともなるようだ。

と、瞬太監について話をしているうちに目的地へと辿り着いた。

馬車から降りると、白亜の壁の立派な建物が目に飛び込んでくる。

「うう、なんて豪奢な建物」

「新人宦官はここへやってきて、自分も頑張ろうと思うらしいですよ」

「その気持ち、わかるかも」

後宮に建つ瞬太監の屋敷は、彼の偉業と権力の象徴なのだろう。

瞬太監と数時間ぶりの再会を果たし、薬酒の薬効について習った。薬効一覧を胸に帰宅する。薬酒の前にしゃがみ込み、薬効を確認しておく。

「金柑は安眠によい、だって」

会った二回とも春蘭妃は眠そうにしていた。もしかしたら不眠の可能性もある。金柑酒は、まさにうってつけの一品だというわけだ。

春蘭妃に三回目の面会を申し込む。断られるかもとこわごわ返事を待っていたが、前回、前々回同様、好きなときに訪問するようにと書いてあった。

ホッとしたのもつかの間のこと。二度も怒った相手を、こうもやすやすと迎えるだろうかと疑問に思った。

月天子はある推測をする。

「春蘭妃が人喰いあやかしだったと想定すると、人間の常識は知らないはずです。そのため、訪問者はどんな相手であれ、受け入れなければならないと思い込んでいる可能性があります」

「人間らしく振る舞うために、私達を拒絶しない、ということ？」

「そうですね」

酒を飲んで本性を現せばいいのだが。次の訪問は、これまで以上に警戒する必要があるだろう。

翌々日——牡丹宮へと向かう。人喰いあやかしとの戦闘になる可能性を考え、金華猫、ひーちゃん、小鈴に同行してもらった。幻術で姿を隠した状態での同行を頼んでいる。

二日ぶりに会った春蘭妃は相変わらず眠そうなうえに、私をジロリと睨んできた。

「本日は、わたくしめが趣味で漬けた薬酒を持ってまいりました」

「薬酒というのは？」

「薬効のある酒でございます。この金柑を漬けた酒は安眠効果がございます」

「安眠効果だと!?」

春蘭妃はカッと目を見開き、必死な形相で食いついた。

これまでとはちがう手応えを感じる。縁起について付け加えると、さらに興味を持ったようだ。

春蘭妃は金柑酒を受け取るやいなや、乱暴に蓋を取る。そして匂いをかいだ。

「ほう……！　いい匂いだな」

味見をする。そう言って、女官に酒杯を用意するよう命じた。

まずは、女官が毒見をする。問題ないとわかると、春蘭妃は酒杯に注がれた酒を一気に飲み干した。そして——。

「うまい!!」

どうやら金柑酒はお気に召していただけたようである。

それからというもの、酒盛りが始まった。色とりどりの果物や珍しい干した海鮮が用意される。私にも酒杯が渡され、月天子が注いでくれた。皇太子殿下に酌をしてもらうなんて。酒杯を持つ手が震えてしまう。月天子が注いだ酒をひと口飲むと、水だった。きっと彼が中身を入れ替えたのだろう。さすがである。

　春蘭妃は酒に強いというわけでもなく、顔を真っ赤に染めながら飲んでいた。しかも、酔っ払うと陽気になる。

「ほらほら、飲め飲め——!!」

　春蘭妃は私の肩を抱き、左右に揺れながら楽しげに飲んでいた。絡み方が完全に、中年親父のそれである。

「ふはは！　お前、最初は気に食わなかったが、あんがいいい奴だな！」

「こ、光栄です」

「そうだ！　いい奴には、いい物を見せてやろう！」

　思わず、首を傾げてしまう。

　月天子のほうを見たら、彼も同じ方向に小首を傾げていた。

「いい物？」

「そうだ。そこで待っておれ！」

　春蘭妃は立ちあがり、ふらつきながらどこかへ行ってしまった。いったいなにを見せるつもりなのか。

　月天子は懐から小刀を取り出し、袖の中でこっそり手にした。髪に挿していた烏《からす》の簪も引き抜く。口寄せに使う骨を加工した呪具のようだ。

数分後——春蘭妃は驚くべき状態で私達の前に現れた。

それは額から角が突き出た、化け物のような姿。優雅に結んでいた髪は解かれ、真っ白な肌につりあがった眉、目元は赤く、口元からは牙のようなものが覗く。血で染めたような真っ赤な上衣に、黒の袴を合わせていた。

その姿は、夜叉そのもの。握っていた剣を振り回し、こちらを睨む。

女官達の悲鳴が牡丹宮に響き渡った。

やはり、春蘭妃が人喰いあやかしだったのか。

咄嗟に剣を鞘から引き抜き、呪符を取り出す。呪文を唱えようとした口を、月天子に塞がれた。耳元で驚くべき事実が告げられる。

「紫苑、あれは戯劇《ぎげき》の夜叉です」

「んむむ？　んむむむ？」

口を塞がれているので、うまく言葉を発せられない。それに、抱き寄せられるような体勢となり、月天子の甘くいい匂いを至近距離で吸い込んでしまった。可憐な見た目に反して、密着した身体は硬い。おそらく筋肉質なのだろう。

羞恥心に襲われていたものの、月天子はお構いなしに説明を続ける。

「戯劇というのは、我が国に昔から伝わる見世物です」

「むむう!?」

「化粧をして化け物や美女に扮し、歌や劇、舞踏などを行う古典演劇なんですよ」

「むーう！」

　ということは――春蘭妃は夜叉に扮しているだけで、人喰いあやかしではない!?

　耳打ちする月天子の声がモロに男で、なんだか心臓に悪い。いつもの可愛らしい声で囁いてもらいたかったのに。

「どうかいたしましたか？」

「こ、声、いつもとちがったから、ビックリした」

「こちらが地声です」

　変装時の声はなるべく高く出すことを意識しているらしい。普段から発していないと出なくなるようで、隠者屋敷に戻った際もその声を使っていたようだ。

「そういうわけですので」

「わ、わかった」

　月天子は私の手から呪符を取りあげて帯の中に押し込むと、サッと離れていった。

　まだ、ドキドキしている。美少女にしか見えない月天子だが、正真正銘の男だと思い知らされた。どうして男なのにこんなに可愛いのか。と、そんなことを気にしている場合ではない。

　春蘭妃は勇ましく舞っている。見事な剣舞であった。恐ろしい夜叉の顔は、すべて化粧で作っているようだ。

女官達は戯劇を目にする機会がなかったようで、驚いている。

「あれは、そうとう練習を積んでいるのでしょうね」

なんでも、後宮には妃や皇帝に舞や劇を見せる芸者宦官がいるらしい。月に一度、演劇が披露されるそうだ。中でも戯劇は妃達に人気で、話題の中心になるのは日常茶飯事。常に眠そうだった春蘭妃の瞳はキラキラと輝いていた。

剣舞が終わると自然と拍手してしまう。

この瞬間、春蘭妃は初めて笑顔を見せてくれた。

「女官達に夜叉の姿を見せたことがなかったから、怖がらせてしまったな」

とんでもない迫力だったと率直な感想を伝えると、嬉しそうにはにかむ。最初は怖くてたまらない御方だと思っていたが、こうしてみたら可愛らしく感じられた。今現在も、恐ろしい夜叉の姿であったが。

「こうして披露したのは、生まれて初めてだった」

「なぜ、戯劇を嗜んでおられたのですか？」

「初めて目にしたときに、心が震えたからだ」

春蘭妃が初めて戯劇を見たのは、十四歳の春。後宮にやってきたばかりだったという。皇后とともに観覧した戯劇は、春蘭妃に大きな衝撃を与えたらしい。

勇ましい夜叉の演目を自分も演じてみたいと望んだ。けれども、妃という身分にいる以上、芸事にのめり込むなど許されてはいない。

まずは未来の皇帝候補を産むことに専念すべきだろう。そう考えていたものの、春蘭妃は皇帝のお渡りがない夜は、戯劇の真似事をしていた。

年々力が入り、半年前くらいから化粧と衣装も本格的なものとなった。

その姿を見て、女官達は春蘭妃が人喰いあやかしだと勘ちがいしたのだろう。

「人喰いあやかしについては、耳にしていた。まさかわらわのこの姿が、本物の夜叉だと思われていたなんて……。すまなかった。そば付きの女官達には、きちんと説明しておくべきだったのだ」

怯えさせて申し訳なかったと、春蘭妃は女官に頭をさげる。

謝罪は私にも向けられた。

「紫苑妃よ。はじめに、きつい態度を取ってしまいすまなかった」

「あ、いいえ、どうかお気になさらず」

なんでも男装姿でいる私が戯劇の役者のようにかっこよく見えて、心底羨ましくなったらしい。だからといって、春蘭妃が同じように男装するのはほかの妃らに示しが付かなくなる。そんなわけで、私に向かってむしゃくしゃした気持ちをぶつけてしまったそうだ。

「妃としてふさわしい恰好でいないといけないと、ずっと思い込んでいた。けれども、そういう決まりはどこにもなかったのだ」

これからは、好きなときに好きな恰好をするという。春蘭妃の表情は、晴れ晴れとしていた。

一方で、私達は晴れ晴れとした気分にはなれない。

「おそらく人喰いあやかしは牡丹宮の騒ぎに乗じて妃や女官を喰らっていたのでしょう」

「なんて狡猾なあやかしなんだ」

人喰いあやかしは賢い立ち回りをしつつ、後宮で暗躍しているようだ。

そんなわけで、春蘭妃に関する調査は終了となる。牡丹宮に人喰いあやかしはいなかったのだ。


シソの薬酒を片手に皇后陛下に報告した。春蘭妃はもっとも疑わしい者のひとりだったため、ちがうとわかり驚いている。

「まさか、春蘭妃が戯劇の夜叉に扮していただけなんて……」

戯劇に傾倒していることは春蘭妃が必死になって隠していたので、これまで露見しなかったのだ。

瞬太監も眉間に皺を寄せ、「困った御方です」と苦言を呈していた。

「次に怪しいのは、華夏《かか》妃だったかしら」

「ええ。かならずや、よい報告を持ってまいります」

「紫苑妃、月天子、頼みましたよ」

皇后陛下のお言葉に、月天子と揃って頭をさげる。

「はっ！」

「仰せのとおりに」

外に出ると、強い太陽の光に目を細める。すっかり桃の花は散り、汗ばむような気候になりつつあった。いつの間にか春は通り過ぎ、夏が訪れようとしているのだろう。

人喰いあやかしは後宮のどこかに潜んでいる。

次こそは発見し、退治してやると決意したのだった。

第二章　夏暁——その女、姑獲鳥の疑いあり

雨期が明けて本格的な夏がやってくる。

蝉がミンミン鳴き、蒸し暑い風が吹き荒れていた。

帝都の夏は信じがたいほど暑い。故郷の暑さなんて比べものにならないくらいだ。

私が暑い、暑いと言うので、月天子が水風呂を用意してくれた。貴重な氷がぷかぷかと浮かんでいる。さらに、氷菓子まで用意してくれているではないか。削った氷には甘い蜜がかけられていた。水風呂用の服をまとい、そのまま中へと入ると熱を持った体が一気に冷やされた。氷菓子もひと口いただく。

「うう、おいしい」

「ようございました」

月天子は食べないのか聞くと、用意できたのは一杯だけだったらしい。

なんでもこの氷は雪国から船で輸入した大変貴重なもので、皇帝に献上されていたのを分けてもらったとのこと。

「いや、だったらひとりで食べるわけにはいかない」

月天子も食べるよう差し出すが、左右に首を振る。遠慮しているようだ。

ならばと、匙で掬って口元へと差し出した。ここまでされては仕方がないと思ったのか、ぱくりと食べてくれた。控えめな小さな口から舌が覗いてドキッとする。普段は口元を隠しながら喋るので、見えないように努めている部位なのだろう。

なんだか体が熱くなったように感じて肩まで浸かる。百を数えてからあがったら、見事に風邪を引いてしまった。

　寝台で寝ている私の額にぴたりと当てられた冷たいものは、金華猫の肉球だった。

「肉球、冷えていて気持ちがいい」

　そう言うと、ぺん！と肉球で額を叩かれた。金華猫が私の顔を覗き込み、盛大なため息をつく。

「水風呂に長時間浸かって風邪を引くなんて、バカとしか言いようがないわ」

「言い返す言葉が見つからないです……」

　明日にでも芙蓉宮に行く予定だったものの、数日は大人しくしているように宦官の医者から言われてしまう。

「うう、これまで風邪なんて引いたことなかったのに」

「バカは風邪を引かないなんていうのは、単なる迷信だったようね」

「ね……」

　布団の中にはひーちゃんがいた。もふもふの毛で私を温めてくれていたようだ。

「ひーちゃん、ありがとうね」

「げんき、なりそう？」

「うん、なりそうだよ」

　いつもひーちゃんを散歩に連れていってくれる女官がやってきた。もう大丈夫だから、散歩に行っておいでと勧める。

「ひーちゃんいなくても、へいき？」

「平気、平気。頑張ったご褒美に、お散歩に行ったらいいよ」

「ありがとー」

ひーちゃんはぐっと背伸びし、寝台から飛び降りる。尻尾をぶんぶん振りながら金華猫のもとへ走り、普通の犬に見えるよう幻術をかけてもらう。準備が整うと、女官に向かって駆けていった。

それからうとうとしているところに月天子がやってくる。なんと、粥を作ってくれたようだ。食欲はあるのでとても嬉しい。

土鍋の蓋が開かれ、ふんわりとたまらない匂いが漂ってきた。鶏の出汁で炊いた松の実入りの粥の上にはニラが散らされており、彩りもいい感じに仕上がっている。

「瞬太監から薬膳について少し学びまして。その知識をもとに作ってみたんです」

「皇太子殿下直々に料理を作ったって？」

「ええ」

薬膳というのは、巡る季節や体調に合わせて調理する料理のことらしい。食材には薬と同じく体を癒やす効果があるという考えのもとに、料理を作ったようだ。

「薬膳は陰陽道と同じ五行思想を用いて考えるそうで、なかなか興味深かったですよ」

この世に存在するありとあらゆるもののすべては、木、火、土、金、水から成り立つ。これらの五行思想は、薬膳を作る際の季節、気候、色、味、人の臓器にも対応し、それぞれの関係性を加味しながら料理を調理するのだという。

「米は消化吸収を促し、鶏は胃腸を温めてくれます。松の実は免疫力を高め、ニラは体温を上昇させる作用があるようです」

まさに、風邪を引いた私にぴったりな一品だ。

「食べられそうですか？」

「うん。実はお腹がペコペコで」

女官による毒見が行われたあと、月天子が思いがけない行動に出た。レンゲで掬った粥を私の口元へと運んだのだ。さらに、衝撃のひと言を発する。

「紫苑、あーんしてください」

幼子にするように、粥を食べさせようとしている。先ほど氷菓子を食べさせた記憶が甦り、盛大に照れてしまった。

月天子は私の口の中を見てもなんとも思わないだろうが、私は恥ずかしい。

「い、いい！　自分で食べられるから」

「紫苑は病人です。無理はなさらないでくださいませ」

「いやいや、そうだとしても、皇太子殿下に食べさせてもらうわけにはいかないから」

私が拒絶したのが面白くなかったのか、月天子は少しだけムッとした表情を浮かべる。

出会ったときは仙女のような美少女だと思っていたものの、慣れてくるとけっこう頑固な性格だと気づいた。

以前に比べて、いい意味でも悪い意味でも遠慮がなくなったと言えばいいのか。

「紫苑、今日はやたら皇太子、皇太子とおっしゃいますね」

「悪口を言ったみたいに責めるけれど、あなたはまちがいなく皇太子殿下ですから」

「敬語は使わないでくださいと、申しましたよね？」

「はいはい、ごめんなさい」

こうして不機嫌になる様子を見ていると、月天子もただの青年なのだなと思ってしまう。なにはともあれ、皇太子殿下直々に食べさせてもらうつもりなどない。小鈴が通りかかったので手招く。ビクビクしながらもやってきてくれた。

たぶん、私と月天子の言い合いが聞こえたので、様子を見にきてくれたのだろう。彼女は臆病だが気が利くいい子なのだ。

「ごめん、小鈴。私に粥を食べさせてくれるかな？」

「お、仰せのとおりに」

小鈴は少女に化け、申し訳なさそうに月天子から粥が入った器を受け取る。そして、丁寧に口へ運んでくれた。

その隣で、月天子が無表情でこちらを見ている。美形の真顔は妙な迫力がある。反応を見たいのだろうが、期待に応えられる自信がない。それに見つめられると恥ずかしくなってしまうので、円卓に置かれていた扇で顔を隠しつつ粥をいただいた。

「ん、おいしい!!」

　出汁がよく利いていてほっこりするような優しい味わいだ。扇を放り出し感想を述べた。

「薬膳って言うから薬みたいな味がする料理だと思っていたんだけれど、これ、かなりおいしいお粥だね！」

「え、ええ。そうですか？」

　不機嫌だった月天子の表情が、一転して明るくなる。重ねておいしいと言うと、嬉しそうにはにかんでくれた。

「月天子、ありがとう。なんだか元気が出そう」

「よかったです。医者から処方された風邪薬もしっかり飲んでくださいね」

「わかってる」

　こうして心配されると家族を思い出してしまう。しんみりする夜を過ごした。


　数日後、元気いっぱいになったので人喰いあやかし探しを再開させる。

　次なる調査対象は、芙蓉宮の華夏妃。

「華夏妃は後宮でもっとも年若い妃で、先日十三歳の誕生日を迎えたようです」

「じゅ、十三歳!?」

　後宮に妃を送った一族は皇帝の覚えもよくなる。そのため、娘の年齢なんて関係なしに、そいや！そいや！と後宮へと送り出すのだ。

彼女が四美人に選ばれている理由は家の力が大きいという。国内でも五本の指に入るほどの名家で、父親は帝国の重鎮らしい。

「いや、いくらなんでも十三歳は体も成熟していないし、子どもを産むのは無理があるような？」

「ええ。皇帝陛下もそのようなお考えを持っているようで、お渡りは十六の娘からと考えているようです」

「それを聞いて安心した」

そんな最年少の妃がいる芙蓉宮で、連日不可解な事件が起きているという。

「なんでも、深夜に赤子の泣き声が響き渡っているようです」

「華夏妃には子どもがいないのに、どうして？」

「それが最大の謎なんです」

女官が確認に行っても、華夏妃はぐっすり眠るばかりで赤子の姿は影も形もない。

「それって、後宮にいる赤ちゃんを誰かが連れ出してこっそりあやしていた、という話なんじゃないの？」

「いいえ。調査しても、後宮にいる赤子はすべて眠っているのを確認できているようです」

「こ、怖い」

赤子の泣き声が芙蓉宮で聞こえた翌日、驚くべき事件が起きる。眠っていると確認していた赤子が突然姿を消し――食べ残しとともに発見されたのだ。

「赤子ばかり狙われていることから、華夏妃は姑獲鳥《うぶめ》ではないのか、と疑われています」

姑獲鳥というのは、赤子を攫《さら》うあやかしだ。捨てられた子を拾って可愛がるという逸話が有名だが、その血肉を喰らうという残忍な言い伝えもあるらしい。

「ひとまず、華夏妃に会ってみましょう」

「そうだね」

私が風邪でうなされている間に、月天子が華夏妃へ面会の許可を取ってくれていた。それ以外にも、華夏妃について調査したという。

「華夏妃は美しい花が大好きだと聞いたので、百日紅《さるすべり》の枝を用意しました」

「へー、きれい」

「紫苑も、花はお好きですか？」

「見る分にには。贈られたら、酒に漬けちゃうかも」

私の返答に月天子は眉尻をさげる。どうやら、聞きたかった返答ではなかったようだ。

「花には毒があるものもありますので、なんでもかんでも漬けるのはどうかと」

「大丈夫。薬酒を飲むのは金華猫だけだから」

呼んだかと、金華猫がひょっこり顔を覗かせる。華夏妃が住まう芙蓉宮に一緒に行かないかと誘ったものの、「絶対に嫌！」とすげなく断られてしまった。

今日のところは百日紅の花だけ持って、月天子とともに芙蓉宮へと向かう。

馬車でしばらく走ると、後宮の南に位置する芙蓉宮へと辿り着いた。赤色の瓦が眩しい宮殿で、人のよさそうな宦官と明るく元気な女官達が出迎えてくれた。

礼儀作法に厳しい春蘭妃がいる牡丹宮とは、まったく雰囲気が異なる。すれちがう妃達も、十代前半の年若い娘ばかりであった。

女官の案内で華夏妃の部屋へと辿り着く。両開きの扉が開かれ、その先にある寝椅子に華夏妃が腰を下ろしていた。

ちょこんと座っているのは、可憐な少女であった。

艶やかな髪を左右対称の輪っか状に結いあげ、銀細工で模った朱雀《すざく》の簪を留めていた。肌は絹のようにきめ細かで、ぱっちりとした瞳は好奇心旺盛な輝きを放っている。お団子みたいな鼻は可愛らしく、ぷっくりとした唇はさくらんぼのようだ。

十三歳だと聞いていたものの、それよりも幼く見えてしまった。本人には言うまい。

「あなたが噂の男装妃ね？」

「はい。陽紫苑と申します」

「体が大きくて、声が低くて、男の人みたいだわ」

本当の男の人は私の背後にいる美少女である。もちろん、華夏妃の言葉は月天子を指したものではなく私の印象だ。

持参してきた百日紅を献上したのだが、「あら、どうも」という素っ気ない反応だった。

しかも、女官に受け取らせた挙げ句、どのように飾るかも命じない。

本当に花が好きなのか、疑問に思った。

人喰いあやかしは妃として溶け込むよう、人間の行動や嗜好を真似するという。花好きというのも、本物の妃であることを信じ込ませるための作戦なのかもしれない。

春蘭妃のように、なにか本当に好きなものを渡して、会話から正体を探りたい。周囲を見回すも、部屋の中の調度品は衝立や寝椅子、壺、灯籠など、ごくごく一般的な物しかない。趣味がわかるような個性的かつ珍しい品はないように思えた。

かといって、いきなり赤子について質問するのは不審に思われるだろう。人喰いあやかしが赤子を喰らっている噂は、彼女も知っているはずだ。疑っていると気づかれたら、今後打ち解けることなど不可能になるだろう。

会話の糸口を探していたら、華夏妃のほうから話しかけられる。

「ねえ、あなたはもう、皇帝陛下のお渡りはあったの？」

「い、いえ、まだ……です」

なんとなく気まずく思い、視線を下へと向けてしまう。そこで気づいた。華夏妃は虎の絵が描かれた扇を持っていることに。

「華夏妃は、虎がお好きなのですか？」

「ええ、実家で飼っていたのよ」

「虎を、ですか!?」

「そう」

なんでもいくつかの芸を仕込んで、客人に披露していたらしい。

「本当はここに連れてきたかったのだけれど、大型の生き物を連れ込んではいけないって、後宮には決まりがあるらしいの。こっそり連れていってもいいでしょうとお父様に頼み込んだけれど、ダメだって言われたわ」

それはそうだろう。彼女のような幼い娘が虎の制御なんてできるわけがない。おそらく、調教師を雇って虎を躾けていたのだろう。

「ほかにも、象や熊、大蜥蜴《おおとかげ》も飼っていたのよ」

「華夏妃は、動物がお好きなのですね」

「ええ、まあ、どちらかと言えば好きなほうかしら」

だったら、我が家のもふもふ達が大活躍するはず。

「華夏妃、実は私も動物が大好きで、犬と猫、狸を飼育しているのです」

「え、狸を飼っているの？　初めて聞いたわ。狸って懐くの？」

「ええ。少々臆病ですが、よく懐きます」

「触ってみたいわ！」

なかなかの好感触である。打ち解けられるまたとない機会であった。もふもふ達よ、ありがとうと心の中で感謝する。

「では今度、お連れしましょうか？」

「ええ！　あ、でも──」

華夏妃は目を伏せ、なにか考えているような仕草をする。

「あの、どうかなさいましたか？」

「いいえ、大丈夫。犬と猫、狸を連れてきてちょうだい」

「かしこまりました」

春蘭妃のときとは異なり、あっさりと次の約束を取り付けることができた。

帰りの馬車の中で、月天子がぽつりと呟く。

「紫苑が動物を連れていくと申したときに、華夏妃はなにを言おうとしたのでしょうか？」

まるで動物との面会に問題があるような、引っかかる物言いだったという。私はなんの疑問も持たずに、さらーっと川の流れのように発言を聞き流してしまった。

「まあ、大きな問題であればいずれ明らかになるでしょう」

「今度からは気をつけます」

話は変わって、華夏妃の印象について聞かれた。

「うーん、ごくごく普通の十代前半のお嬢さんって感じで、不審な点はないように思えたけれど」

「わたくしも同感です」

ただ、これまで多くの子どもと接してきた覚えはなく、絶対的な自信があるわけではないのだが。その点に関しては、月天子も同じだという。

「なにはともあれ、次の面会で打ち解けて、赤子についての話を聞くしかないか」

「ええ」

今回の作戦で金華猫に参加してもらうため、月天子がとっておきの酒を用意してくれた。

「金華猫、見て！　ハブ酒だって！」

「まあ！　ちょっとよく見せなさいよ！」

蓋を開くと、独特な漢方っぽい匂いが漂う。金華猫はうっとりした表情で酒の瓶を覗き込んでいた。金華猫はずっと、ハブ酒が飲みたいと言っていたのだ。ただ、私が大の蛇嫌いで、彼女の願いはこれまで叶えられなかった。

金華猫がハブを捕まえて、酒の中に放り込めばいいのでは？と提案したのだが、なんとまあ、金華猫にとって生きている蛇は天敵らしい。

ハブ酒は大好物だが、対峙は絶対にしたくないようだ。

ちなみにハブは猛毒を持っている。だが、酒として飲めるのだ。というのもハブの毒は酒に漬けることによって抜けるため、飲んでも問題ないらしい。そもそも、ハブの毒は傷口から体内に侵入しない限り、危険はないという。村の勇敢な男衆はハブを捕まえ、捌いて酒のつまみにしていた。そんな話を聞くたびに、金華猫は羨ましがっていたのだが、あのハブを食べるなんてゾッとする。蒲焼きは美味らしいが……いや、絶対に無理だ。

「それはそうと紫苑。このハブ酒、どうしたの？」

「報酬。金華猫が私達の作戦に協力したら、あげるっていうやつ」

無償でもらえると思っていたのか。金華猫の瞳孔が驚きでまんまるになった。

「な、なによ、それ！　卑怯だわ！」

「卑怯でけっこう。私には金華猫の力が必要だから」

もしも協力してくれないのであれば春蘭妃に贈るだけだ。そう言うと、金華猫は悔しそうに奥歯をギリギリ鳴らしていた。

「作戦ってなんなのよ？」

「華夏妃の前で、猫のふりをしておくだけの簡単なお仕事」

「後宮の潜入は嫌なのよ」

なんでも過去にとんでもない目に遭ったらしいが、記憶は定かではないという。そのような理由で、入りたくなかったようだ。

「無理に連れていくのも悪いから、またの機会にということで」

「ちょ、ちょっと待ちなさい！」

「なに？」

金華猫は顔をぷいっと逸らしながら物申す。

「少しだったら、協力してあげなくもないわ！」

「金華猫、ありがとう！」

なんとか金華猫の協力は得られるようで、ホッと胸を撫で下ろした。

もちろん、金華猫だけが特別というわけではない。ひーちゃんや小鈴の願いも聞き入れる。まずはひーちゃんから。

「ねえ、ひーちゃん。今度、華夏妃の宮殿に行って、犬のふりをしてもらいたいんだけれど——」

「いいよ！」

まだ条件を出していないのに、即答である。ひとまず、報酬をあげるという体《てい》で話を進めることにした。

「お仕事が終わったら、なにか叶えてほしい願いとかある？」

「おさんぽ！　しおんと、いっしょにいきたいの！」

「い、行こう！」

「やったー！」

最近、ひーちゃんのお散歩は女官に任せっきりだった。女官と行くのも楽しいけれど、私とも行きたいとひーちゃんは主張する。なんて可愛いことを言ってくれるのか。

ぎゅーっと抱きしめてしまったのは言うまでもない。

続いて小鈴。彼女もまた、条件を提示する前に了承してくれた。

「えーっとそれで、報酬をと考えているのだけれど、なにか欲しいものとか、叶えてもらいたいこととかある？」

「わ、私がですか？」

「そうだよ」

小鈴は頭を抱えて悩んでいるようだった。一度、とくにないですと言ったものの、なんとかひねり出してもらった。

「だったら、その、いつも非常食さんにしているみたいに、頭を撫でていただけますか？」

「え、そんなんでいいの？」

「は、はい」

「そんなの、言ってくれたらいつでもするのに」

小鈴を抱きあげて頭を撫でる。すると「こ、これは報酬です！」と叫んだ。なんというか、小鈴は真面目だな。

あやかし達に報酬があるのに、月天子にだけないのはおかしいのではないか。彼は皇太子の身でありながら、私に仕えるふりを見事に果たしている。なにか、お礼をしてもいいだろう。とはいっても、なにもかも手にしているような立場にいる月天子に対してできることは限られているが。

さっそく提案してみると、驚いた表情で私を見つめる。

「紫苑が、わたくしの願いを叶える……ですか？」

「うん。肩揉みとか、組み手の相手とか、本を読んでもらいたいとか、なんでもいいよ」

なぜ?と不審がられたものの、日頃の感謝の気持ちだと説明すると受け入れてくれた。

「でしたら今度、眠る前のお酒に付き合っていただけますか?」

「酒って、月天子は酒を飲める年ではないでしょう?」

七十二候ノ国では、二十歳以上が飲酒を認められているのだ。月天子は眉尻をさげ、私に問いかけてくる。

「あの……紫苑は、わたくしをいくつだと思っていたのですか?」

「え、十七歳か十八歳くらい?」

そう言うと、この世の深淵にまで届くのではないかと疑うほどの、深く長いため息をつかれてしまった。

「二十四になります」

「に、二十四歳!? 二十四年、生きているの!?」

「ええ」

前、横、うしろと月天子の姿を見て回る。とても二十四歳の成人男性には見えなかった。

「こんなに可愛い生き物なのに、二十四歳……!?」

「紫苑、今、なんと言ったのですか?」

「なんでもないです」

実年齢に驚いたものの、それ以上に彼に対して年上ぶった態度でいたのが恥ずかしい。どの行動も今更取り消しにはできないので、心の中で反省しておく。

「でも、どうして酒？」

「以前、紫苑があやかし達と喋る声を聞きながら酒を飲んで眠ったら、深く寝入ることができたので」

普段は暗殺を警戒し深く寝入っていないが、それを続けていたら体が休まらない。そのため週に一度、皇帝の護衛を借りて警備を増やし、ぐっすり眠るようにしているという。

だが浅く眠る癖がついていて、なかなか眠れないのだとか。

「たぶん、紫苑の声には、他人を安心させるなにかが含まれてると思うんです」

「気のせいだと思うけれど」

「謙遜なさらないでください」

ひとまず、叶えるのが難しい依頼ではないようなのでホッと胸を撫で下ろした。


三日後――再び芙蓉宮に向かう。

「みんなはただの可愛い動物という設定だから、華夏妃の前でうっかり人間の言葉を喋らないようにね！」

金華猫はふんと鼻を鳴らし、ひーちゃんは「わかったー！」と元気よく返事をする。小鈴は控えめに頷いた。

動物を前にした華夏妃は、瞳をキラキラ輝かせる。

「まあ！　なんて愛らしいの！」

「ぜひ、触ってみてください」

「いいの？　噛みつかない？」

「ええ」

だったらと、最初に手を伸ばしたのは金華猫だった。虎が好きだと言っていたが、猫も好きなのだろう。金華猫は「ゲッ！」という表情でいたが、華夏妃は気にせず抱きしめる。

「わあ、すごい！　ふわふわだわ」

「彼女は私が住んでいた村一番の、美猫《びびょう》なんですよ」

適当に発した言葉だったが、金華猫は誇らしげな表情となった。猫としての美しさに自信があったらしい。

「最初は嫌がっていたけれど、大人しくなったわ」

「猫は気まぐれ……いいえ。華夏妃の抱き方がよかったのでしょう」

金華猫のふわふわの毛並みを堪能したあとは、小鈴を抱きたいと望む。微かに震える小鈴の頭を撫でてあげると、落ち着いたようだ。

「この子は小鈴といいます。大人しい性格の子で少し臆病です。優しく触ってあげてください」

「ええ、わかったわ」

華夏妃はまず小鈴にそっと触れ、拒絶しないのを確認してから抱きあげる。初めこそ緊張していた小鈴であったが、だんだんと緊張からの強ばりが抜けていったようだ。その後、ひーちゃんともお手をさせたり、よしよしと撫でたりと、もふもふを堪能していた。

　満足するまで遊んだあと、華夏妃は小首を傾げる。

「華夏妃、どうかなさいましたか？」

「不思議なの！」

「不思議、ですか？」

「ええ。動物を触ったあとはいつも、くしゃみや鼻水が止まらなくなっていたのだけれど、今日は平気だと思って」

　それはどういうことなのか？　動物に触れると体調不良が起こるなんて、聞いた覚えがない。華夏妃と一緒に小首を傾げていたら、月天子が理由について語り始める。

「それは動物の毛などが体調不良に起因する、体の過敏反応ではないでしょうか？」

「かびんはんのう？」

　初めて耳にする言葉に、さらに首を傾げてしまう。華夏妃も同じ反応だった。

　月天子は医学にも精通しているようだ。華夏妃が動物に触れることによって起こる体の変化について、わかりやすく説明してくれる。

「わたくし達の体には、有害なものから守る機能が備わっています。その防衛反応が、有害でないものに対しても過剰に働いてしまうときがあるみたいで。すみません、専門家ではないので、あいまいな説明になってしまい」

「いやいや、わかりやすかったよ」

勉強家だと褒めると、月天子は少し照れくさそうにはにかんだ。

一方で、華夏妃は衝撃を受けたような表情で月天子に質問を投げかけた。

「だったら私は、動物に触れたら体が毒だって勝手に判断して、くしゃみや鼻水が出てしまうってこと？」

「ええ。過敏反応は、死亡例もある大変危険なものなのですよ」

「お父様やお母様は、なんの説明もなしに動物に触ったらダメ！と強く言うばかりだったの。そうやってきちんと説明してくださったら納得したのに」

先日、華夏妃が言いよどんだ部分は、動物の毛に過敏反応を示してしまうという点だったのだろう。

「あ、でも、この子達は平気だったから治ったのかしら？」

「いいえ。これらの症状は、完治は難しいものと言われているようです」

「だったらどうして、今回は平気だったの？」

それはあやかしだから。けれども問いかけには、さすがの月天子も答えられない。珍しく、眉間に皺を寄せていた。

「あの、華夏妃。過敏反応が出たら大変なので、これ以上動物とは触れ合わないほうがよいかと」

「えー！　せっかく治ったのだから、私もなにか愛玩動物を飼いたいわ」

「な、治っていないかと、思います」

そう言っても、華夏妃はまったく聞き入れようとしない。

猫がいいか、犬がいいか。狸も捨てがたい。華夏妃は楽しそうに話し始める。

このままでは華夏妃を危険に晒してしまうだろう。どうしようか。月天子を振り返ると、彼はこくりと頷き、動物の飼育を諦めるだろう言葉を囁いた。それをそのまま華夏妃に伝える。

「華夏妃、これから赤子を産まれるのであれば、動物の世話などしている場合ではないのでは？　赤子は手がかかります。動物の世話との両立は極めて難しいかと」

「ああ、そうね。そうだわ！」

月天子の訴えを聞き入れ、華夏妃は動物の飼育をあっさりと諦めた。

「私の赤ちゃんかー。うふふ」

この瞬間、月天子と視線が交わる。お互いに「今だ！」と思っていたにちがいない。

なるべく刺激しないよう、優しく、ゆっくりとした口調で話しかけた。

「華夏妃は、赤子が好きなのですね」

「い、いいえ、好きではないわ!!　むしろ、苦手だし、き、嫌いよ!!」

ここからいろいろ探るつもりだったものの、華夏妃は想定外の反応を見せた。

先ほどまで嬉しそうに自分の子を産む想像をしていたのに、赤子が嫌いとはいったい？

「あの、華夏妃。赤子が嫌いというのは、どうしてですか？」

「理由はないわ！　とにかく嫌いな——!!」

突然、華夏妃は激しく咳き込む。女官が走ってやってきて、薬を差し出した。けれども、その薬を手ではね除ける。

「薬も大嫌いよ!! 皆、帰って!! ここから出ていって!!」

息が切れ切れになりながらも咳は止まらず、苦しそうにしている。女官達に取り囲まれ、近づけそうにない。どうしようか迷っていたら、月天子が私の腕を摑む。耳元で「今日は帰りましょう」と囁いた。

華夏妃はそばにあった杯や履いていた靴などを女官へと投げ始めた。金華猫は被害に遭わないよう、すたこらさっさと逃げる。私は小鈴を抱き、ひーちゃんには一緒についてくるよう命じてから、部屋から脱出した。

見送りに来た女官や宦官曰く、華夏妃は体が弱い。とくに喉の炎症を鎮める薬は、毎日欠かせないらしい。ただ、華夏妃は大の薬嫌い。毎日いろんなものに混入して、なんとか飲んでもらっているようだ。

もっとも困るのは、今日のように発作を起こして咳が止まらなくなったとき。

申し訳ない気持ちでいっぱいになったものの、癇癪を起こすのは慣れていると、女官は教えてくれた。宦官はまた遊びにいらしてくださいと声をかけてくれる。優しい人達だ。

女官とともに手を振って見送ってくれた。かならず再訪すると言って、芙蓉宮をあとにする。馬車の中では反省会が始まった。

「いや、今回こそうまくいくって思っていたんだけれど。もっと優しく聞いたほうがよかったのか」

「いいえ、紫苑は悪くありません。原因は、華夏妃自身が抱えている問題でしょう」

赤子についてなにか隠していると、月天子は推測しているらしい。けれども、それがなんなのかまったく予想がつかないと。

「それにしても、苦しそうに咳き込んで、可哀想だった」

「ええ……」

私もつい先日風邪を引いたばかりだったので、辛さはよくわかる。なにかできることはないか。華夏妃はまだ二十歳になっていないから、薬酒は飲めない。

なにも思いつかなかったので、瞬太監に助言をもらおうという話になった。馬車はそのまま、瞬太監の屋敷へ向かう。

私達を快く迎えた瞬太監は、的確な助言をしてくれた。

「華夏妃は幼いから薬酒は飲めないとのことですが、薬膳料理だったら食べられるかもしれません」

「なるほど！」

そういえば私が風邪を引いたとき、月天子が薬膳の知識を使って粥を作ってくれた。おいしくて体によい、薬膳料理こそ華夏妃にふさわしい食べ物だろう。

「薬膳料理に薬膳茶も付けるというのはいかがでしょうか？」

体にいい料理と茶──いい組み合わせだ。

さっそく帰って作ろう！と意気込んでいたら、瞬太監より待ったがかかる。

「料理を作る前に、食品への過敏反応がないかも調べたほうがいいかもしれません」

「え!?　動物だけではなくて、食品の過敏反応もあるの？」

「ありますよ」

ほかにも、花粉やほこり、塗料、洗剤、衣服、化粧品など、過敏反応を引き起こす要因はいくつも存在するようだ。

「基本的には、食物性、吸入性、接触性の三種類に分類されています」

華夏妃の場合は動物に触れたときの接触性、また毛やフケなどを吸い込んだ際に起きる吸入性のどちらか、もしくはどちらでも過敏反応を起こすこともあるらしい。

「怖い病気だ……。瞬太監、いろいろ教えてくれてありがとう」

「いえいえ。お役に立てて幸いです」

日常生活を送っているだけなのに、命の危機にさらされるなんて恐ろしい。薬膳料理作りも、慎重に進めなければならないだろう。

芙蓉宮の女官に華夏妃が食べても問題ない食材を聞き出し、それで薬膳料理を作ってお見舞いとして持っていけばいいのだ。

瞬太監のおかげでいい案が浮かんだ。ほくほく気分で隠者屋敷に帰る。

帰宅後、芙蓉宮の女官へ手紙を書く。夕方には返事が届き、食品への過敏反応はとくにないと書いてあった。ホッと胸を撫で下ろす。

今日はもう遅いので、薬膳料理を作るのは明日にすることにした。

夜は月天子の寝酒に付き合う。

風呂あがりの月天子は、薄布を頭からすっぽり被った姿で現れた。そのまま眠れるように、寝台へ来るよう声をかける。

「寝台の上で飲食するのですか？」

「そうだけれど」

「未婚女性が男性を寝台に誘うのはどうかと思うのですが」

ただ、寝台で眠るのは月天子だ。私は寝椅子で休む。最初は交互で使おうと話していたのに、いくら勧めても月天子は寝椅子で眠り続けていた。今日くらいは、寝台でゆっくり休んだほうがいいだろう。

「紫苑は、男女が寝台でどのような営みをするかをご存じですか？」

「それはもう。村の女性達が手取り足取り教えてくれたから」

「手取り、足取り？　まさか、実際にしたのでは？」

「ちがう、ちがう。詳しい話を教えてくれただけ！」

普段は慎ましい女性達も、酒が入ったらそういう話をしたがるのだ。おかげで未婚だというのに知識が豊富になってしまった。

「そもそも、紫苑はわたくしを男だと思っていないのでは？」

「いや、思っているよ」

腕力はあるし、地声は男そのものだし、一見華奢に見えるのに背中は広くてあんがい男らしいと思っていた。筋肉もしっかり付いている。見た目は美少女だが、月天子は正真正銘の男だ。

きちんと言葉にして伝えたというのに、月天子は疑いの目を向けてくる。

「月天子のことはきちんと男性だと思っているから、安心して」

「それは、異性として意識している、という認識で構わないですか？」

異性として意識する、というのはどういうものなのだろうか。男性だとわかっているという意味ではないのだろう。

月天子はこれまでにないくらい、熱烈な視線をこちらに向けていた。眼差しだけで灼けてしまいそうだ。これほどの強い感情を、向けられるのは初めてである。

嫌……ではない。けれどもなんだか恥ずかしい。

春の間という短い期間を共に過ごしてきたが、月天子が優しく真面目で誠実な青年であるというのはわかっている。私に乱暴を働くことはしないだろう。

「意識しているという状態かはわからないけれど、私の中で特別な特別な存在だというのはたしかだから」

「わかりました」

納得してくれたので、ホッと胸を撫で下ろした。

話がついたところで、本日の寝酒として選んだ薬酒を紹介した。

「これ、黒ゴマ酒！」

「とても黒いですね」

酒が入った瓶を覗き込んだ月天子は、ぽつりと感想を口にする。

瞬太監からもらった薬効一覧の中に、黒ゴマは髪や肌の乾燥を防ぐ上に、精気を活性化させるとあったのだ。つい先日、月天子と夏場は髪がよく抜けるという話をしていたので、ぴったりの酒だろう。

「たしかに、黒い食材は元気の源、という話を耳にした覚えがあります」

黒ゴマを漉《こ》した酒を酒杯に注ぐ。色合いは烏龍《ウーロン》茶のようだ。臭いわけではないが、なんとも言えない匂いがする。

月天子に乾杯の音頭を任せたところ「眠れない夜に」と言って酒杯を掲げた。

黒ゴマ酒は口に含むと、ゴマの香りがふわっと漂う。去年、麻袋いっぱいのゴマをもらったときにはどうしようと思ったものだが、こうして体によい酒に生まれ変わった。抜け毛がこれ以上増えませんようにと祈りつつ、ゴマ酒を飲み干す。

薬酒を味わっている場合ではなかった。今夜は月天子の寝かしつけを行う必要がある。

あぐらを組み直して私と月天子、双方の酒杯を満たす。つまらない話でもしたら眠くなるだろう。そんなわけで、私は幼少期の話をすることにした。

「調子に乗って柿の木に登ったら降りられなくなって、喉が渇いたから柿を食べたんだけれど、それは渋柿で――」

「ふふ、おかしい」

月天子は満面の笑みを浮かべ、私の話を聞いている。瞳はらんらんと輝き、眠りそうにない。かれこれ二時間ほど喋っているがずっとこれだ。

頬は赤く染まっているので酒の効果があるのだろう。だが、眠らない。

幼児の寝かしつけは大変だという話は聞いていたものの、月天子の寝かしつけも大変だったとは……。ひとまず横になったほうがいいだろう。

言っても聞かなかったので、寝台に上って横になるよう促す。

「紫苑も、一緒に眠りましょう」

「はいはい、わかったから、早く寝て」

酒を飲んだ月天子の色気は、普段の倍以上だ。さっさと寝てもらわないと、こっちも困る。なにがどう困るかはわからないけれど。

「紫苑、早く」

「うっ……うん」

なぜか私まで一緒になって横になる。一応寝るふりはするものの、月天子が眠ったら寝椅子に移る予定だ。私も眠くなってきたので、さっさと寝てほしい。

横になると、これまでになく顔が近かった。

目が合い、月天子の美しい瞳がスッと細められた。なんとも妖艶な微笑みである。

今は化粧もなにもしていない状態だろう。これまで薄布を被って顔が見えないようにしていたが、こうして横になった途端、はっきり見える。

肌はシミひとつなく美しい。毛穴なんか、どこにも見当たらなかった。普段どういう手入れをしたら、素顔でこんなにきれいにいられるのか。

絶世の美貌の持ち主という印象は変わらない。けれども白粉《おしろい》を落とすといつもよりキリリとしていて、こう、なんというか男だと思ってしまう。

女性の姿は、彼の言うとおり変装なのだ。

こうして異性と向かい合い、眠ることとなんてないので非常に恥ずかしい。

「紫苑、今日はいろいろ話していただき、ありがとうございました」

「つまらない話ばかりだったけれど」

「いいえ、とても楽しかったです。紫苑は家族に大事に育てられて、明るく、健やかな女性になったのですね」

「いや、まあ」

「わたくしはずっとひとりだったので、羨ましくなりました」

父は皇帝、母は皇后——皇太子という立場に生まれた月天子は、親元から離されて特別な教育を受けてきた。そんな彼は、家族という概念を知らずに育ったという。

「これまで、この世は知識がもっとも大事だと言われてきたんです。でも、それ以上に大事なものがあるのだと、気づいてしまいました」

「たしかに知識は人生を歩む中で自分自身を助けてくれるけれど、それ以上にお金が大事だと私も思う」

「大事なものは、お金ではないですよ」

「え!?」

金以外になにが大事だというのか。健康とか？　それとも、権力？　力？

どれもちがうと言われてしまった。

「紫苑はどうして、そこまでお金が大事だと思うのですか？」

「――かったから」

「え？」

半分ほど、言葉になっていなかったようだ。二回目は月天子が聞き取れるようにはっきり伝える。

「家族を、流行病から守れなかったから」

「どういうことですか？」

これまで誰にも話さなかったことだ。今後も、語るつもりはないと思っていた。けれども、不思議と月天子には聞いてもらいたかった。

七年前の忌々しい記憶が甦る。それは、村中で病が流行した年。

極度の高熱と頭痛、筋力低下に下痢――病気に罹った村人達は同じ症状を訴えていた。なにか病名があったような気がするが、覚えていない。

村人達は次々と病に倒れていった。

唯一、村外れに住んでいた私達家族は、病気が発症することはなかった。

安心していたのもつかの間のこと。ある日、村へ炊き出しに出かけた母が最初に病気に罹ってしまった。病気が人から人へ移ることを知らなかったのだ。

それから家族全員が病気に罹るのも、時間の問題だった。

辛く、長い日々だった。けれども、ある日村に救世主が現れる。医者だ。

医者は流行病の特効薬を持っていて、村人達は次から次へと回復していった。

心優しい医者は、我が家にも訪問する。

——辛かったでしょう、もう大丈夫ですよ。

その言葉は天の助けのように思えた。しかしながら、続く言葉は思いがけないものだった。

——薬代は少々値が張りますが、かならず治りますので。

薬は大金と引き換えだった。カツカツの生活をしていた私達家族は、家中の金をかき集めてもひとり分の薬しか買えなかったわけである。

——え？　金がひとり分しかない？　あとで払う？　いえいえダメですよ、薬は金と引き換えでなければなりません。

金はあとから返すからと訴えても、聞き入れてもらえなかった。医者ははっきりと宣言した。薬は金と引き換えだと。

我が家はひとつだけ、薬を入手した。

その薬を私に飲ませたのだ。結果、こうして私はただひとり生き残った。

医者が村から去ってから別の医者がやってきて、そこで真実を知った。

流行病の薬はそこまで高価なものでなく、私が服用した薬ひとつ分の値段で三人分を買える代物だったと。流行病の薬で商売をする、悪徳医者が各地を回っていたらしい。私達家族は運悪く、ぼったくられてしまったのだ。

医者嫌いにならなかったのは、あとからやってきた医者が大変親切だったから。

悪いのは医者ではなく、騙した本人なのだ。

「でも、当時を振り返れば振り返るほど、お金さえあれば、両親の命は助かったのではと――」

人の命は時として金で買える。だから、私は金をなによりも大事だと思っているのだ。

それから、言葉にできない思いが涙となって溢れてくる。

月天子は私を抱き寄せ、赤子をあやすように優しく背中を撫でてくれた。

「そうですね。紫苑の言うとおり、お金は大事です」

けれども、それ以上に私が大事にしているものがあるという。金以外、私に大事なものなんて思いつかない。震える声で返すと、月天子は静かに囁いた。

「それは愛、です」

家族を救いたかったと後悔し、金が大事だと思う心には、たしかな愛があるという。

そうだ。そうだった。大事なものは、金なんかではない。愛なのだ。

これまでがむしゃらに生きるあまり、見落としていたのだろう。

「紫苑、大丈夫です。愛はずっと心に残ります。誰かに優しくしようという心だったり、誰かを助けようと思う気持ちだったり、愛は生き様に表れるのです。あなたがご両親から受けた愛は、ずっとずっとそばに寄り添っています。それに幸いにも、新しい愛はどこにでも転がっているものですよ」

「だったら、一緒に探してくれる？」

無茶な願いだったのか。月天子は目を満月のようにまんまるにして驚いているように見える。けれどもそれは一瞬で、微笑みを浮かべながら頷いた。

「ええ、もちろん」

それから月天子はぼそぼそと熱心な様子で話していたものの、私は眠気に襲われた。抗うことなどできず、その場で意識を手放してしまった。


空腹を訴える腹の音で目が覚める。なにやら硬い枕で眠っていたようで、微妙に首が痛い。なぜ?と疑問に思ったところで、ぼんやりしていた意識が鮮明になる。

私の隣で月天子が、すやすや眠っていた。しかも、私に腕枕を貸すという、特別待遇付きで。悲鳴をあげなかった自分を褒めたい。

早く脱出しよう。慌てて寝台から降りようとしたら、ガシッと肩を摑まれる。

「紫苑、おはようございます」

「お、おはよう」

どうやら私達は、同じ布団で一夜を明かしてしまったらしい。あってはならないことだ。

朝の支度があるからと、まともに会話せずに寝台から脱出する。

洗面所で顔を洗っていたら、金華猫がやってきて物申す。

「昨晩はずいぶんとお楽しみだったようね。盛りあがるあまり、子作りなんかしたんじゃないわよね？」

「してない!!　誤解だから!!」

ぶんぶんと手を横に振って否定し、今日も慌ただしく、一日が始まった。

気を取り直して――薬膳料理作りに挑戦する。

ふーと深呼吸をするも、心は落ち着かない。月天子との添い寝が、思っていた以上に余韻を残している。一方で今日も完璧な美少女の姿でやってきた月天子は、普段と変わらない様子を見せていた。どうやらドキドキしているのは私だけのようだ。

「紫苑、どうかなさったのですか？」

「な、なんでもない！　始めようか」

「ええ」

今度こそ気を取り直し、調理を開始する。

瞬太監がいろいろ助言してくれたので、参考にしつつ月天子と一緒に品目を考える。

朝、華夏妃の女官から報告が届いた。容態は快方に向かったようで、いつでも面会は可能とのこと。ただ、療養も必要だろうと判断し、数日経ってから見舞いに行こうという話になった。

まずは薬膳茶から。薬膳茶は複数の茶葉を交ぜ合わせて作るらしい。

どの茶葉を使うかは、月天子が考えてくれた。

「ひとつ目は、頭痛やイライラを緩和させる菊花茶。ふたつ目は、鼻づまりや喉の腫れを和らげる薄荷《はっか》茶。三つ目は、体の熱を冷まし消化を促す緑茶。この三つです」

試しに飲んでみたところ、スッキリとした苦みにほのかに甘い香りを感じるおいしいお茶だ。お菓子は茉莉花《まつりか》ちまきを作るという。

「茉莉花は気鬱《きうつ》を解消し、ちまきは疲れや無気力を補強、それからむくみを改善させる効果があるらしいです」

「普段口にしている食材でも、いろいろ薬効があるんだ」

「驚きますよね」

ちまきといったら餅米を鶏の出汁で炊いたものだが、今から作るのは甘い味付けらしい。なんでも、ちまきは地域によって味わいが異なるようだ。

餅米に小豆を交ぜ、葉っぱで包む。それを、茉莉花茶を煮出した湯で茹でていく。

完成したちまきは、黒蜜をかけて食べる。ちなみに黒蜜は便秘を解消させ、骨も強くしてくれるらしい。味見と称して食べてみた。もちもちとした食感で、華やかな茉莉花の風味がよく、とてもおいしかった。

それから数日後、華夏妃が全快したという知らせを受けるとともに、遊びに来ないかと誘われたので訪問する。

朝から月天子とふたりで、茉莉花ちまきを作った。完成した茉莉花ちまきを重箱に詰め、風呂敷に包んでしっかり口を結ぶ。

「じゃあ、月天子、芙蓉宮に行こうか！」

「ええ」

今回も金華猫やひーちゃん、小鈴に同行してもらう。きっと、華夏妃は喜んでくれるだろう。前回の面会から一週間経ち、華夏妃の顔色はだいぶよくなっていた。少しだけ気まずそうにしながらも歓迎してくれた。

「こちらを、華夏妃に」

「まあ、なにかしら？」

「茉莉花ちまきです。黒蜜をかけて召しあがってください」

「おいしそうね」

今すぐ食べたいというので、隠者屋敷から持参した茶葉で薬膳茶を淹れた。

さっそく振る舞ったところ、華夏妃はどちらもお気に召したようだ。

「どちらも自分で作ったなんて、すごいわ」

「月子……女官が中心になって作ったもので、私は少しだけ手伝ったくらいで」

「謙虚なのね」

「いやいや、それほどでも」

その後、もふもふ達と戯れ、帝都で流行っているお菓子の話で盛りあがり、皇帝陛下の政治がいかに素晴らしいかという熱弁に耳を傾ける。

なんとか赤子についての話題に持っていきたかったが、また怒らせてしまったら大変だ。

この日は触れられぬまま、終わってしまう。

どういう会話運びをしたらいいのかわからず、なにも情報は得られなかった。

帰りの馬車の中で、反省会が開かれる。

「いやなんていうか、せっかく華夏妃が上機嫌だったのに、新しい情報を聞き出せなくてごめん」

「いえ、相手がどう出るかわからないので、慎重になるのは無理もないですよ」

「次こそは、かならず……！」

ぐっと拳を握っていたものの、隠者屋敷に信じがたい事件の報告が飛び込んできた。

昨日、後宮の赤子が姿を消し、昼間に衣服と体の一部のみ発見されたらしい。人喰いあやかしが、久しぶりに脅威となって現れたようだ。

「華夏妃が元気になるのと同時に、人喰いあやかしが出るなんて……！」

「もう、悠長に本人から話を聞いている場合ではありません」

芙蓉宮に侵入し、華夏妃の行動を監視するという。これまでも女性道士を放ち、調査させた。けれども華夏妃が怪しい行動を取ることはなかったのだ。

「こうなったら、今晩にでも潜入してみましょう」

これ以上、赤子の命を散らせるわけにはいかない。月天子とともに、芙蓉宮への潜入を行う。ひとまず、戦力となりうる金華猫だけ連れていくことにした。猛烈に嫌がったものの、スズメバチ酒と引き換えだと月天子が提案したらあっさり引き受けてくれた。

夜になり、黒衣に身を包んでさっそく芙蓉宮へ忍び込む。屋根裏に潜り込み、華夏妃の部屋を覗くのだ。

なんでも、芙蓉宮の間取りは月天子の脳内に記憶されているらしい。

「す、すごい……。さすが、月天子！」

「覚えられたのは、芙蓉宮に通ったおかげです。紫苑が華夏妃と面会しなければ、できなかった作戦ですよ」

「そっか。だったらよかった」

人喰いあやかしを退治するという任務において、私は役に立っていないのではないか、月天子ひとりでも問題ないのではないかという不安があったのだ。そんな気持ちをそのまま伝えると、月天子は呆れたように言葉を返す。

「わたくしひとりでできるのであれば、紫苑に依頼はしにいかなかったでしょう。前にも言いましたが、女官という身では妃に会う機会すら叶いませんし」

妃に怒られても、拒絶されても、心折れることなく面会に行こうという姿勢は、誰にでもできるものではないという評価を受けた。

「どうか、ご自身を過小評価なさらないでくださいませ」

「うん、ありがとう、月天子」

月天子の言葉に胸が温かくなる。と、感激している場合ではなかった。

自分に自信がついたので、屋根裏へと潜入を試みる。まずは屋根の上に登り、空気を入れ換える換気窓から中へと入るのだ。

屋根裏は掃除が行き渡っているわけではないので、口に布を当てておいたほうがいいと言われた。手巾《しゅきん》を三角形に折り曲げて、口を覆うように巻いて後頭部で結んでおく。月天子は手巾を半分に折るところから苦戦していたので、結んであげるところまで全部やってあげた。意外と不器用な面もあるようだ。

「よし、行こうか」

「はい」

月天子は換気窓に鑿《のみ》の刃先を差し込み、柄に力を込める。すると換気窓が外れた。そこから中へと入る。

内部は埃臭かった。口に布を当てていなかったら、盛大に咳き込んでいただろう。

角灯の灯りは、魚油を使ったものだ。普段使用している蜜蠟の蠟燭より暗いので、天井から灯りが漏れにくいのだとか。独特な魚臭さがあるものの、我慢するしかない。

「天井の板を踏み抜いたら大変なので、なるべく梁《はり》の上を歩くようにしてください」

「了解」

金華猫は夜目が利くので、スイスイ進んでいる。私はぼんやり光る灯りを頼りに、恐る恐る先を歩く。

時折、鼠《ねずみ》の鳴き声が聞こえた。外で鼠を見かけてもどうも思わないが、室内で存在に気づくと恐ろしく感じてしまう。どうか出会いませんようにと祈るほかない。

私の前を行く月天子も、迷いなく進んでいる。

そしてついに、華夏妃の部屋へと辿り着く。角灯を消し、天井板をわずかにずらしてみた。華夏妃は――いた！　頭を覆うくらい深く布団を被って寝ている。

「おかしいですね」

スヤスヤ眠る華夏妃の様子に、月天子は違和感を覚えているようだ。私はただ、よく寝ているな、としか思えなかったが。

「おそらく、華夏妃はここにいません」

「え……!?」

「ねえ、紫苑。このワタシが調べてきましょうか？」

金華猫の提案に、よろしくお願いいたしますと頭をさげる。軽やかな身のこなしで金華猫は華夏妃の部屋へと降り立ち、布団の膨らみを確認する。すぐに戻ってきた。

「あの膨らみの中には枕が詰め込まれていただけで、誰もいなかったわ」

「やはり、そうでしたか」

「いないって、華夏妃はどこに……？」

まさか赤子が眠る建物へ出向き、喰らっているのではないか。ならば、一刻も早く現場へ向かうべきだ。

「月天子、赤子は今、どこにいるの？　急いで行かないと食べられちゃう」

「ちょっと待ってください。気になることがあるのです」

「え、なに？」

「先日、赤子の面倒を見る宮殿に、調査に行ったのですが――」

そこには、十人前後の赤子が集められているらしい。乳母がいて、朝から晩まで休むことなく乳を与えており、赤子が眠る部屋では、常に乳母が見守っている。もしもそこから連れ出されたら、乳母が気づくだろう。

「赤子が忽然と姿を消すのは、いつも明け方辺りだそうです」

警戒しているものの、瞬きをする間にいなくなっているようだ。

「一方で、芙蓉宮で赤子の泣き声を耳にするのは深夜です」

赤子の泣き声がするのといなくなる時間が一致しない。

「どういうこと？」

「それは――」

ごと、という物音が聞こえた。私と月天子は息を殺す。

扉が開かれ、中へと入ってきたのは華夏妃だ。腕になにかを抱いている。

「ふえ、ふえええ」

「はいはい。大丈夫よ」

赤子だ。華夏妃は赤子を抱いて戻ってきた。

月天子のほうを見ると唇に手を当てている。もう少し、様子を観察したいようだ。

華夏妃は布団の膨らみだった枕を放り投げ、赤子ともども横になる。

「ああ、食べてしまいたい」

そして、ゾッと背筋が凍るような驚きのひと言を発した。

やはり、彼女が赤子を攫う人喰いあやかし、姑獲鳥だったというわけなのか。

決定的な発言を聞いても、月天子は動こうとしなかった。

赤子が泣き始めると、華夏妃は上手にあやす。枕元に置いてあった水差しの中身は母乳なのか、匙で赤子に与えていた。

じっと辛抱強く、華夏妃の様子を見る。一時間ほど経った頃、華夏妃と赤子は寝てしまった。明け方になったら、食べるのだろうか？

そんなふうに考えていたら、突然華夏妃が目を覚ます。むくりと起きあがり、眠る赤子を抱きあげた。そして、深夜にもかかわらず部屋から出ていく。

「紫苑、華夏妃を追跡しましょう」

「わかった」

天井から飛び降りて布団に着地する。けっこう高さがあったので、足がジンジンと痛みを訴えた。じわりと涙が浮かんだものの、涙を流して痛がっている場合ではない。

華夏妃にバレないよう、追跡する。行き先は芙蓉宮の外だった。庭にある小屋の中に入る。まさかあそこで、赤子を食べるのだろうか。

月天子はズンズンと大股で庭を進み、先ほど華夏妃が閉めた扉を開く。

「きゃあ！」

悲鳴は華夏妃のものではなかった。

「これはいったい、どういうことですか？」

小屋には女官と宦官、そして赤子と華夏妃の姿があったのだ。

「あ、あなた達、な、なにをしにきたの!?」

私は驚くあまり、言葉を失っていた。代わりに月天子が答える。

「調査です。芙蓉宮で不審な赤子の泣き声が聞こえた、という話を耳にしたもので」

加えて、ここ最近赤子の不審死が続いている。芙蓉宮に響き渡る赤子の泣き声と関連があるのではないかと思い、調査しているのだと月天子は告げた。

「この子は、ほかの妃の子どもではないわ」

「では、どちらの方の子なのでしょうか？」

問いかけに華夏妃は答えない。ならば、赤子を連れていって調査するしかない。月天子が低い声で言うと、女官が平伏しながら白状した。

「この赤ちゃんは、私と……彼の子なんです！」

なんと、赤子の親は女官と宦官だった。通常、宦官は生殖機能を取り除いた状態で後宮入りする。けれどもこの宦官の男は金持ちの商家の息子で、処置を金で回避したようだ。

そして後宮で女官と恋に落ち、子に恵まれたという状況だった。

「随分と前に、妃と関係を結んで妊娠させた宦官の話を耳にしたことがありましたが、同じような状況が再発しているとは」

皆、裏金を使って好き勝手しているというわけだ。

ちなみにそれは二百年以上前の話で、関係を持った妃と宦官は処刑されたらしい。その話を耳にした女官と宦官は、顔を真っ青にさせている。

「待って！　このふたりをくっつけたのは私なの！　悪いのは、私よ！」

華夏妃は女官と宦官を庇う。なんでも、意識しているふたりの背中を押し、小屋を与えたのは華夏妃本人だという。

「まさか、宦官の処置をしていなかったなんて知らなかったの」

宦官と女官の結婚は認められていない。家庭を持ったら、仕事がおろそかになるという考えが七十二候ノ国の後宮では古くからあるからだ。

宦官と女官は大人だ。幼い華夏妃の考えがまちがっていると、判断できる者達だろう。

それなのに恋に惑わされ、愛に溺れ、皇帝陛下の後宮で罪を犯した。

華夏妃が赤子が嫌いだと言っていたのは、ふたりの子どもを隠すためだった。

「私、早く赤ちゃんが産みたくて、でも産めないから、ふたりの子どもを可愛がって心を満たしていたの。悪いことだとはわかっていたわ」

気の毒だとは思うが、この件は皇后に報告しなければならない。

「ふえ……ふえええ！」

私達が騒ぐので赤子を起こしてしまったようだ。華夏妃が抱きあげ、あやしている。

「いい子、いい子だから泣きやんで。ねえ、お願い」

赤子と一緒に、華夏妃も涙を流す。

切なくも悲しい真実を、私達は暴いてしまった。


報告を聞いた皇后陛下が下したのは、女官と宦官の後宮からの追放だった。もちろん、あの赤子も一緒に。

それから華夏妃の降格である。四美人から抜けて十麗人のひとりとなったらしい。半月前に十麗人の妃が人喰いあやかしに食べられてしまったらしく、都合がよかったという。空いた四美人の位は、しばらく補充しないと発表された。

人喰いあやかしは華夏妃の噂話に便乗し、赤子を攫った上に喰らっていたのだろう。なんとも狡猾で残酷な奴だ。考えるだけで、ぶるりと身震いしてしまった。

芙蓉宮の問題がなにもかも解決したあと、皇后に呼び出される。月天子とふたり、頭を深々とさげた。

「このたびは寛大な対処に、心から感謝いたします」

「頭をあげなさい」

通常であれば宦官は極刑、女官は終身刑である。宦官の処置をせずに後宮で働く者がいたというのも大きな問題だ。

けれども、これはいい機会だと瞬太監が提案したらしい。まず、宦官に不正をしている者達を聞き出し、調査する。すると、金で暗躍する者達をあぶり出せた。

宦官の実家からは、多額の賠償金を受け取ったらしい。月天子は「抜け目ない御方です」と呆れたように言っていた。

そんなわけで、今回の事件は悪いことばかりではなかった。

皇后陛下のご機嫌も悪くないようだ。これも、助言をしてくれた瞬太監のおかげだろう。ちらりと瞬太監のほうを見ると、今日も輝かんばかりの美貌に笑みを浮かべている。

ゴホン！と背後から咳払いが聞こえた。月天子である。むやみやたらと他人を見つめるなと言いたいのだろう。わかっていると、背後を振り向いて頷いておいた。

最後に、皇后陛下からお言葉を賜る。

「人喰いあやかしが発見されなかったのは残念だけれど、これからも調査を続けてちょうだい」

「仰せのとおりに」

帰りの馬車で、月天子から質問攻めに遭ってしまった。

「紫苑は、瞬太監のような男性が好きなのですか？」

「え、なんで？」

「じっと見つめていたので」

とんだ勘違いである。即座に否定した。

「いや、彼のおかげで事件が丸く収まったなと思っていただけ」

「彼のおかげ、ですか!?」

これまで聞いたことのなかった大声に、びっくりしてしまう。いつもはぽそぽそと消え入りそうな声で喋るのに。

瞬太監の力で事件が解決したと言ったように聞こえて、面白くなかったのだろう。

珍しく、本当に珍しく、怒りを滲ませるような表情を浮かべており、慌てて弁解する。

「月天子の活躍がなかったから、事件は解決しなかったから」

「紫苑も頑張りました」

「そ、そう！　私も頑張った！」

みんなで協力したら、怖いものはない。かならず人喰いあやかしを退治するのだと、決意を誓い合ったのだった。

第三章 秋宵——その女、黒蛇の疑いあり

これまでのうだるような暑さが嘘のように、日に日に涼しくなりつつある。庭で見かける木の葉は赤や黄色に染まり始めていた。ススキの穂がほわほわ膨らんでくると、秋だなと実感する。

私と月天子の毎日に変化はなく、事件が解決しても妃との付き合いは続いていた。春蘭妃からは二週間に一度、酒宴へ招かれる。ごちそうと酒が用意され、そこで春蘭妃の戯劇が披露されるのだ。牡丹宮の女官達はすっかり春蘭妃の剣舞に魅了されているようで、お慕いする心がうなぎ登りだという。

十麗人へ格さげとなった華夏妃は、赤子を世話する宮殿に出入りしている。位がさがったことにより、行動の制限がなくなった。毎日赤子と戯れられるので嬉しいと語っている。

なんというか皆、それぞれ強いなと思った。

もちろん、私達は妃らとほのぼの交流ばかりしているわけにもいかなかった。新しい疑惑を解明するために、動かなければならない。

次なる調査対象は、竜胆宮で暮らす秋霖《しゅうりん》妃。地方から嫁入りした女性で、おっとりとした上品な妃だという印象らしい。そんな彼女にも信じがたい疑惑があるようだ。月天子が真剣な眼差しで、調査書を読みあげる。

「竜胆宮で巨大な蛇の抜け殻が発見されました」

女官が報告し、宦官が駆けつけた頃には現場からなくなっていたのだという。さらに、下級妃や女官が次々と行方不明になっている。

人喰いあやかしの仕業なのではないかと、女官や宦官は口々に噂している。

　だがこれまでと異なるのは、食べ残しが発見されていないという点だ。

「巨大蛇の抜け殻や、忽然と姿を消した妃や女官の話から推測するに、今回の事件は黒蛇《こくだ》の仕業なのではないか、という疑惑が浮上しているようです」

　これまでの夜叉や姑獲鳥に比べたら、知名度の低いあやかしである。けれども、その謂われは恐ろしい。黒蛇は巨大な象や牛などを丸呑みにし、喰い足りないときには道行く人々を襲って喰らうという。

「人間は肉が柔らかく、黒蛇が好んでいる。余さず丸呑みする、という伝承も残っているそうです」

「行方不明の人達が見つからないのは、もしかして――？」

「ええ。すべて黒蛇の胃の中に収まっているのでしょう」

　ゾッとするような話だ。そんなあやかしが、後宮内に現れるなんて。

　これまでと喰い方が異なるので、同一の存在であると判断できないらしい。

「人喰いあやかしのほかに、黒蛇が入り込んでいるってこと？」

「それはわかりません。できれば、黒蛇と人喰いあやかしが同じ存在であってほしいものだと思うのですが」

　とにかく、情報を得るために竜胆宮で調査しなければ。秋霖妃とも接触し、彼女が黒蛇でないか調べる必要もあるだろう。

行方不明者が発見されていないということで、兵部に属する宦官が竜胆宮に大勢押し寄せ、秋霖妃も徹底的に事情聴取された。彼女に関しては、怪しい言動は見られなかった。だったら、行方不明者はどこに消えてしまったのか。調査範囲を後宮外、帝都へと広げても、目撃情報すら見つからないという。

「うーん。国内の事件を担当する兵部の人達が捜して発見に至らないのであれば、私達ができることなんて限られている気がするけれど」

「それはまあ、そうなのですが。やはり、打ち解けてから得られる情報というのもあると思いますので」

それができるのは妃である私だけだと、月天子は言う。ならば、頑張るしかない。

月天子は事前に調べてきた秋霖妃の情報を教えてくれる。

「秋霖妃は皇帝陛下より贈られた兎を溺愛されているようです」

何羽もねだっているのだという。常にそばに置いて餌を与えるほど愛しているが、その兎が突然、別の兎に代わっていることが多々あるそうだ。

「兎を丸呑みするために太らせているとしか思えないと、女官の間で噂されているとか」

春蘭妃や華夏妃と異なり、秋霖妃は直属の女官や竜胆宮に身を置く妃からも疑われているとのこと。黒蛇を目撃したという女官や妃はもれなく行方不明。身の毛がよだつような噂話である。

「秋霖妃が黒蛇だという可能性は、かなり高いと推測されます」

先日、月天子は屋根裏から侵入を試みようとしたが、屋根裏には鼠避けの強い殺虫剤が撒かれていた。

「屋根裏から内部の様子を調査するという方法はできません」

鼠どころか私達の命まで危ないという。ならばどのようにして探っていこうか。すぐに思いついたので、挙手して発表した。

「兎に化けた金華猫を秋霖妃に献上し、食べられるか否か確認するのはどうかと」

「紫苑、あなた、世界一の大バカ者じゃないの!?」

やるわけがないと金華猫に怒られた。こればかりは、どれだけ報酬を提示しても「絶対に無理！」と言われてしまう。

「言ったでしょう？　ワタシの力は半分以上封じられていると。何人も人を丸呑みしているような邪悪なあやかしに対抗できる力なんてないのよ」

「金華猫、ごめん」

「わかればいいのよ。わかれば！」

金華猫が無理ならば、小鈴はもっと無理だろう。ひーちゃんは化けを習得していないのでそもそも頼めない。しかしながら、小鈴から思いがけない提案を受ける。

「あ、あの、わ、私でよろしければ、その、兎に化けて、潜入調査を、しますが」

全身を猛烈に震わせながら小鈴は言う。怖いけれど、私達のために頑張ろうとしているのだろう。

「えーと、気持ちだけ受け取っておくね」

続いてひーちゃんが勇ましく片方の前脚をあげて任務の参加を表明したものの、やんわり断った。金華猫に兎に見えるよう幻術をかけてもらい、潜入するという手もある。けれども、途中で術が解けてしまったら大変だからだ。

「市場で兎を購入して、追跡の呪符を仕込んでどういう扱いをするか確認することもできるけれど、もしも食べられたら可哀想だし、残酷だな……」

「紫苑、あなたね、それをワタシにしなさいってさっき命じたのよ」

「ごめん。金華猫くらいのあやかしだったら簡単に食べられないだろうと思って」

金華猫は背中の毛をぶわっと逆立てながら抗議する。

「あなたはワタシを買い被りすぎなのよ！」

「またまた、ご謙遜を」

私達の会話を聞いていた月天子が、作戦を思いついた。

「でしたら、兎を模したぬいぐるみを贈ったらいかがでしょう？」

「ぬいぐるみ？　初めて聞くんだけれど」

「動物の毛皮を使って作る、本物により近い精巧な人形の総称ですね。国内では作られておらず、異国から買い付けた品がたまに流通しているくらいなのですが」

「へー、そんなものがあるんだ」

もしも本当に兎が好きなのであれば、その場で喜ぶ。餌とするためにそばに置いているのであれば、喜ばないだろう。

「さすが、月天子！　その作戦でいこう」

「では、中央商店街に買い物へ行きましょうか」

「中央商店街って、後宮にあるお店ではなく、市街にあるやつ？」

「ええ、そうです。後宮の商店には必要最低限の品しか置いていないので」

　普段、後宮の外れで暮らす私達に、行動を監視する宦官などは付いていない。馬車も手配してもらえるので、好きなときに街に出られるのだ。

「このままでは少々危険が伴いますので、変装をしましょうか」

「なにに変装するの？」

「あまり目立つのはダメなのですが、そうですね。紫苑は、女官とかどうですか？」

　もう何年も、女性の恰好なんてしていないのだが……。一度、女装姿を想像してみる。

　あやかし退治や野良仕事を頑張るあまり、筋肉質になっていた。肩もその辺の女性に比べて角張っているような気がする。とても女官姿が似合うとは思えなかった。

　ただ私に限っては、それ以前に問題があるだろう。

「あの、私の寸法に合う服があるとは思えないのだけれど」

「大丈夫です。あります」

「あるんだ」

「まあ、強制はしませんが」

「うーん、どうしようかな」

べつに、女性の恰好がしたくないから男装をしているわけではない。陽家の女はそうするように父から言われていたのだ。さらに、男装は誰の手も借りずに生きていこうという決意の表れでもあったが、今はべつにその決意を貫くような場面でもないだろう。

化粧も月天子がしてくれるという。ならばお願いしますと頭をさげた。

「月天子はなにに変装するの？」

「それは、見てからのお楽しみです」

変装はすぐに完了するというので、しばし待つ。いったいどんな恰好をするというのか。

「お待たせしました」

衝立の向こう側からやってきた月天子は、男性の服をまとった姿で現れる。この服装は――宦官だ。白い布地の上衣と下衣を合わせている。枯れ草色の帯は、下級宦官の証らしい。美しい髪は帽子に入れ込み、帝都では珍しくないという眼鏡をかけ、彼のたぐいまれなる美貌は隠されていた。完璧な変装だろう。

「どうでしょう？」

「別人みたい。男の人にも見える」

「これでも男なので」

声も地声で、いつもより低い。普段と異なる様子に、なんだか落ち着かない気持ちになってしまう。

任務に集中するため、月天子のほうはあまり見ないようにしなければ。

「紫苑はこちらの服をどうぞ」

「ありがとう」

私には灰汁《あく》色の、下級女官の服が手渡される。少女の姿に化けた小鈴の手を借りて着替えた。久しぶりの女性物の服で、下半身の風通りのよさに不安な気持ちを覚えた。

髪も月天子が結ってくれるというので、結ばずに流した状態で待つ。

「では先に、化粧をしましょう」

月天子の顔が眼前に迫った。いつもと異なる姿にドキドキしてしまう。眼鏡のおかげで、美しい顔はよく見えない。心の中で宦官の変装に感謝する。

美容液を塗ろうとする指先が肌を這う。なんだかとてつもなくいけないことをしている気持ちになった。そう感じるのは、月天子の色気のせいだろう。奥歯を噛みしめ、早く終われと祈る。だが、最後の最後にとんでもない作業が残っていた。

「これは、妃達の間で流行っている紅です。紫苑は、薔薇色が似合うと思いまして、用意しました」

「ん、なんでもいいから、早く塗って」

「わかりました」

私に似合う紅なんて、考えたことがなかった。貝形の美しい容器を開くと、鮮やかな薔薇色の紅が目に飛び込んできた。こんな派手な色、似合うわけがない。そう言おうとする前に、月天子の小指に紅が擦りつけられる。指先が鮮やかに染まった。洗練された仕草に見とれている間に、紅が唇に塗られていく。

唇を他人に触れさせることなど初めてだった。これはいけない。自分以外触らせていいところではない。うろたえるも、口を封じられているのでなにも言えなかった。

最後に、月天子は私の顔を覗き込む。眼鏡の奥にある、美しい瞳が私を見つめていた。

ドキンと、胸が高鳴る。

「うん、いいですね。完璧です」

次は髪を結うという。まだ心臓のバクバクは治まっていないのに、月天子は櫛を手に背後へと回り込んだ。髪に甘い匂いがする香油が揉み込まれる。これは薔薇の香りだ。

「秋薔薇の香油を用意しました。紫苑に似合うと思いまして」

初めて会ったときに、私から薔薇の香りがしたそうだ。おそらく、薔薇で染めた服を纏っていたからだろう。庭にも薔薇が咲いていたので、もしかしたら香りが移っていたのかもしれない。

丁寧に梳られ、なにやら編んだり結んだりと、凝った髪型にしているようだ。ぎゅ、ぎゅっと髪を強く引き、時に優しく髪を掬われる。力の緩急が、なんとも言えない。背筋がゾワゾワするが、決して不快な気持ちではなかった。

最後に簪が挿し込まれる。姿見が前に掲げられ、自らの姿を初めて目にした。

美しく化けた女が映っているではないか。とても私だとは思えない。

「紫苑、おきれいです」

「あ……いや、それほどでも」

美しく着飾りたいという願望はなかったのに、こうして見ると心が躍る。私でも女性物の服を着て化粧を施し、髪を結いあげたら美人になれるのだ。

「変装ってすごい。月天子が極めた理由がわかった気がする」

「でしょう？」

彼の変装を手がける腕前は職人級なのだろう。心から尊敬する。

「しかしながら、これは変装とは言えないのかもしれません。ここまで美しくなれたのは紫苑の真なる実力なんです。本当に驚きました。化粧をしながら、何度も見とれてしまったくらいですよ」

「かなり大げさなのでは？」

「そんなことありません。街を歩く際は、薄布を頭から被ったほうがいいかもしれません。きっと男性から次々と声をかけられるので、任務に支障が出ます」

これ以上否定を続けたらさらに褒められそうだったので、ここは適当に流しておく。

「はいはい、わかった。ありがとうね」

手触りのよい布を被ったら、身なりは調った。市場で食べ歩きをしないかと月天子を誘うと、別の方向から「行く！」という声があがった。金華猫である。

「紫苑、市場にはいろんな屋台が出ているのよ！　おいしい料理を食べる機会だわ！」

「そうだね。せっかくだから、お腹いっぱい食べようか」

「もちろんよ！」

小鈴とひーちゃんも行くという。賑やかなお出かけになりそうだ。

金華猫は久しぶりに、おかっぱ頭の少女の姿に転じた。小鈴はそれより少し年上の少女の姿である。変化ができないひーちゃんは、犬に見えるような幻術をかけてもらっていた。

首輪と紐も装着する。こうして繋いでいないと、野良犬と判断されて捕獲されてしまうのだ。連れ去られた犬は精肉店に売り飛ばされ——これ以上は、残酷なので言えない。

「ひーちゃん、いつも犬のふりをさせてしまってごめんね」

「だいじょうぶ！　ひーちゃん、もともと、いぬだったから！」

涙が出そうなくらいのいい子だ。頭をわしわしと撫でておいた。


さっそく、馬車で街まで出かける。窓の外に広がる光景は、活気に溢れているように見えた。途中、馬車から降りて商店街を目指す。

月天子を先頭に私と金華猫、ひーちゃんの紐を引く小鈴と続く。

人込みに紛れる前に、月天子が振り返って言った。

「紫苑、財布はわたくしが持っていますね。帝都はどこにでも掏摸《すり》がでますので」

「前に女官から聞いていたけれど、治安が悪いな」

「人が多く集まる場所では、仕方がないのです」

わざと体当たりした瞬間に、サッとかすめ取っていくらしい。ぼんやりしていたらすぐに盗まれてしまうようだ。

気をつけなければと思った瞬間、背後から強い衝撃を感じる。

「ぐわあああ——！」

悲鳴をあげたのはぶつかった男だった。地面を転がり、大げさに痛がっている。よくよく見たら、手には小さな布袋が握られていた。あれはまちがいなく私の布袋だ。帯からぶらさげていたものを、一瞬のうちにかすめ取ったのだろう。

「紫苑、あの布袋の中身は!?」

「おやつの干し芋」

「そうでしたか」

中身が金でも芋でも、盗みを働こうとしたことに変わりはない。男の悲鳴を聞いた巡回の兵士が駆けてくる。被害を訴えようとしたら、まさかの展開になった。

「この女、バカみたいに筋肉質だ！　ぶつかったこっちが転倒して怪我をした！　全身、凶器みたいなもんだ！」

「は!?」

なぜ、ぶつかった男のほうが被害者面をしているのか。理解できない。

男を睨んだら手足をカサカサ動かして逃げようとした。すかさず月天子が動く。男の背中を足で踏みつけ、逃走を阻んだ。私はやってきた兵士に被害を訴える。

「兵士さん！　この男、私の干し芋を盗んだんだ！　懲らしめてくれ！」

「は⁉　干し芋だと⁉」

男はここで初めて、盗んだものが金ではなく干し芋だと気づいたようだ。

「い、いらん、こんなもの！」

勢いよく投げつけられた干し芋を、見事受け取る。ただ、返したからといって盗んだという罪がなくなるわけではない。男は兵士に連行されていった。

「と、まあ、こんな感じで帝都の治安はよくありません」

皇帝陛下の治世は安定しているといっても、楽をするために犯行に走る者はあとを絶たないという。

「むしろ邪龍が統治していた時代のほうが、掏摸は少なかったと記録されています」

「それはどうして？」

「人身売買、詐欺、違法薬物の取り引きなどが取り締まられることなく認可されていて、悪人は他人から金を盗まずとも裏社会で暗躍し、いい暮らしをしていたそうです」

信じられない話だが、そういう黒歴史はたしかに存在していたらしい。

「とんでもない時代があったんだな」

「本当に」

掏摸をする者がいるからいい時代だというわけではないが、ある程度犯罪が起こるのは仕方がないことなのか。ひとまず、貴重品は盗まれないように管理したほうがいい。私の財布は月天子が管理してくれるのでひと安心だ。

気を取り直して、兎のぬいぐるみを探さなくては。秋霖妃に献上する品なので、珍しい物がいいのだろう。まずは、輸入雑貨店に向かった。

途中、金華猫が移動販売をしている蒸しまんじゅうに釣られそうになるが、首根っこを摑んで連れ戻した。ひーちゃんは道草を食うことなく、真面目に歩いている。帝都は初めてという小鈴は、華やかな街並みに瞳を輝かせている。楽しそうでなによりだ。

輸入雑貨店は商店街にある古びた建物の中にあった。店内には、見慣れない品々が所狭しと並んでいる。独特な匂いは、珍しい香辛料から漂うものなのか。

異国の輸入菓子に、本、香水、瓶、缶、陶器人形——ひと目で高価だとわかる銀器や磁器がある傍らで、がらくたにしか見えない品々も立派な商品だと主張するように並べられている。

砂時計に見とれていると、薄暗い店の奥に突然三本足で立つ人影が浮かんでギョッとした。よくよく見たら杖をついたお爺さんだった。年頃は七十代後半から八十代前半といったところか。少しだけ、干からびた鱏《えい》に似ていた。おそらくここの店主だろう。

それにしても、気配がまるでなかったので本当にびっくりした。

「いらっしゃい、お嬢さん。なにをお求めかい？」

「あ、えーっと、ここに兎のぬいぐるみとか、ある？」

「あるよ」

陳列棚には並んでいないようで、店主は薄暗い店の奥へとスッと姿を消す。まるで闇の中に溶け込んでいったように見えてしまった。まだ、心臓がバクバク鳴っている。

砂時計の砂がすべて落ちた頃に店主は戻ってきた。手には長方形の木箱が抱えられている。精算台にのせて手招く。実物を見せてくれるらしい。

木箱の蓋が開かれるとそこに収められていたのは白い毛並みをした、ふかふか、ふわふわの兎のぬいぐるみ。大きさは手のひらにちょこんとのるくらいか。

真っ赤な瞳は、柘榴石《ガーネット》という宝石らしい。

触ってもいいというので、そっと触れてみる。見た目どおりの手触りのよさだった。

珍しい品のようで滅多に入ってこないらしい。まちがいなく、秋霖妃に献上するにふさわしい一品だろう。

代金の請求は皇帝陛下にと、月天子は慣れた様子で話していた。

「購入した品は後宮に送ってください。あと、今月の干物を」

「ああ、あんただったのか」

変装していたので、月天子だと気づいていなかったのだろう。再び、店主は店の奥へと消えていった。

「ここには干物も売っているの？」

「干物というのは情報のことです。この店でのみ通じる暗号ですよ」

「え、なんかかっこいい！」

なんでも月天子は、帝都のありとあらゆる情報を買い集めているらしい。不審な情報を手に入れたら、裏を取って皇帝陛下に報告する。

「あやかし退治から、帝都の怪奇事件の解決までしなければならないなんて、皇太子殿下は大変だ」

「皇帝陛下も同じように、皇太子時代は忙しく走り回っていたそうです」

民のために太平の世を――それは皇族が目標とする国の在り方だという。政治については詳しくないものの、立派な考えだということくらいはわかる。

「すごいな、月天子は。本当に尊敬する」

「でも、ひとりで活動するには、限界があるのです」

家族が死んでひとりで暮らすようになったとき、ひしひしと痛感した。人はひとりで生きていけないようになっているのだろう。

「無力だと感じる場面が、いくつもありました」

月天子の声が少しだけ震えているように思えた。瞳も心なしか潤んでいる。これまできっと、大変な思いをしながら生きてきたのだろう。

後宮の調査だって、月天子はひとりでは不可能だったという。私も同じようにひとりでは妃達の秘密を暴けなかっただろう。私達はいい組み合わせなのかもしれない。

「ご理解いただけますか？」

「わかるよ」

月天子は顔を俯かせ、なにか堪えているように見えた。しばらく、そっとしておいたほうがいいのかもしれない。そう思っていたものの、月天子はすぐに顔をあげた。

「紫苑、ひとつ、お聞きしてもよろしいでしょうか？」

「はい？」

月天子はいきなり私の両手を握り、これまでにないくらいの真面目な顔で話し始める。

「わたくし達は、同じ方向を向いて、ともに生きていけると思いませんか？」

「え？」

それはどういう意味なのか。同じ方向？　ともに生きる？

わからなかったものの、勢いに呑まれて頷いてしまう。

「ありがとうございます。とても、嬉しい」

眼鏡の奥にある瞳は本当に嬉しそうに細められていた。なんだかこれまでになく上機嫌だったので、同意して正解だったのだろう。たぶん。

「紫苑、これについては事件が解決したらゆっくり話し合いましょうね」

「あ、うん」

なにを？とは聞けない雰囲気だ。

店主から情報を受け取ったあと、屋台が並ぶ市場へと向かった。

もっとも楽しみにしていた金華猫の足取りは、驚くほど軽い。

「うふふ、なにを食べようかしら？」

「金華猫、なんでも食べていいからね」

「あら、守銭奴の癖に太っ腹じゃない」

「前金たくさんもらったからね」

後宮で働くようになってからというもの、金が大事という概念が薄れつつある。きっと衣食住が保障されているからだろう。

月天子の言うとおり、私がもっとも大事に思っているものは金ではなかったのだ。

いくら金があっても、私が大切に思う存在がそばにいなければ意味がない。ここにやってきて、それに気づいたのだった。

と、考えごとをしている場合ではなかった。

だんだんと人が増えてくる。ぶつかってきそうな気配もしばしばと感じた。先ほどみたいな騒ぎになるのも大変なので、なるべく気配を察知して避けるようにする。金華猫も直感でわかるのだろう。ひらり、ひらりとうまく躱している。小鈴はひーちゃんを抱きあげ、人がいないほうへと歩みを進めていた。月天子はただならぬ空気を放っているようで、誰もぶつかりにいこうとしない。

ちなみに、月天子の護衛は周囲の市民に変装した状態でついてきている。完璧な変装なので、どこの誰が護衛なのかはわからない。常に三十名以上は付いているという。彼は未来の皇帝なので、危険な目に遭わせるわけにはいかないのだろう。

屋台で売られている食べ物は、宮廷料理や故郷で食べていたような庶民的なものとは異なる。普段口にしているものに似ているが、匂いや見た目が少しだけ異なっていた。

「ねえ、屋台で売られている食べ物って、帝都独自の料理なの？」

「いいえ、これらの多くは蓬莱料理です」

「蓬莱ってことは、仙人や仙女が食べていた料理ってこと？」

「ええ、そうです。瞬太監が流行らせた食べ物が人気を博しているようで」

これまで、蓬莱料理の材料や作り方は明らかになっていなかった。蓬莱料理を真似して作ったものはあれど、味わいは本物からほど遠いものだったらしい。

そんな中で現れた仙人宦官、瞬太監は、蓬莱に伝わる料理が書かれた書物を無償で公開した。市場はそれまで以上に賑わい、帝都の経済も潤っていったのだという。

「へー、無償で公開したんだ。それで商売しようとは思わなかったんだね」

「みたいですね。当時の皇帝や皇后は反対したようですが、瞬太監は押し切ったようです」

結果、帝都は今まで以上に栄えた。彼の判断は正解だったのだと言える。

屋台の中で一番の人気は豚の角煮麺。その昔、満腹食堂と呼ばれる仙女が営む店があり、行列ができるほど人気だったらしい。満腹食堂の豚の角煮麺を再現したものが、食べられるのだという。

金華猫はその屋台を、ぼんやり見つめていた。

「ねえ、金華猫、豚の角煮麺を食べたいの？」

「…………」

「金華猫？」

背中をポンと叩くと、金華猫はびっくりしたのか体を震わせる。

「ちょっと、びっくりするじゃない！」

「いやだって、ボーッとしていたから。豚の角煮麺が食べたいの？」

「わからない」

「え？」

いつもはきはきとした物言いをする金華猫の曖昧な言葉を、初めて聞いたような気がする。彼女は目を伏せ、静かに語り始めた。

「あの料理を見ていると、胸が苦しくなるの。懐かしいような、悲しいような、言葉にできない気持ちもこみあげてきて」

「それって、金華猫が失った記憶と関係あるのかも？」

「そうかもしれないわ」

豚の角煮麺を食べたら思い出すのではないかと助言したものの、金華猫は首を横に振る。

「ここで売られているのは、きっと本物じゃないだろうから」

「そっか」

なんだか元気がないように思えて心配したが、その後、金華猫は葱餅と揚げ鶏を十人前平らげた。なんという食欲……！　元気な証拠だろう。

「紫苑もなにか食べますか？」

「うーん、どうしよう。これだけ種類が豊富だと迷うな。オススメとかある？」

すぐに、月天子は屋台を指差す。

「野菜まんじゅう？」

「ええ、意外とおいしいんです」

ここで蒸しているようで、湯気がもくもくと漂っていた。開かれた蒸籠《せいろ》を覗き込む。拳よりも大きなまんじゅうが、ホカホカに蒸されていた。

「じゃあ、これにしようかな。あなたは？」

「わたくしは、毒見がいないので」

「だったら、私が毒見役をするよ。半分こにして食べよう」

すると、月天子はパッと表情が明るくなる。

「いいのですか？」

「もちろん」

私は月天子と野菜まんじゅうを半分ずつ分け合った。私が毒見役として、先に頬ばる。

「えっ、おいしい！」

生地はほんのり甘く、ムチムチふわふわしていた。中にある野菜はシャキシャキ。海鮮かなにかのタレで味付けしているのだろうか。肉は入っていないものの食べ応えは十分だ。

月天子も小さな口で頬張り、おいしいと笑みを見せてくれた。

「小鈴やひーちゃんも、好きな物を食べていいからね」

「ありがとうございます」

ひーちゃんが反応したのは、白まんじゅう。まっしろな、なにも味付けされていない蒸したまんじゅうだ。

「これ、ひーちゃん、たくさんつくってもらった！」

「そうだったの」

白まんじゅうは犬だった時代によく食べていた、ひーちゃん思い出の食べ物らしい。

ちなみに、ひーちゃんがどんな言葉を発しても「わうわう」としか聞こえないように呪術をかけている。周囲からは私が真剣に犬と話す変わり者にしか見えていない。

白まんじゅうを買ってあげると、ひーちゃんは嬉しそうにはぐはぐ食べた。

小鈴は串打ちされた果物をいくつか購入したようだ。彼女は果物が大好物なのである。

金華猫はどこで発見したのか、蛇の蒲焼きが食べたいとせがんでくる。生きている蛇は苦手なのに、酒に浸かった蛇酒を飲んだり、食べたりするのは平気という不思議……。

「うへえ、たっぷりタレを塗って焼かれた蛇、おいしそうに見えてしまう。話に聞いたときは絶対に無理って思ったんだけど……」

と、ここで思い出す。屋台に浮かれていてすっかり忘れていたが、私達は後宮で黒蛇の正体を暴かなければならないのだ。遊んでいる暇はないだろう。

この店で最後にしなくては。

「ねえ、月天子。蛇、食べたことある？」

「いいえ、ないです」

「食べてみない？　これから蛇に討ち勝つための、縁起担ぎみたいなやつなんだけれど」

「いいですね」

改めて、蛇の蒲焼きが焼ける様子を覗き込む。ジュージューとおいしそうに焼けていた。味付けはまっくろなたまり醤油。それからいくつかの香辛料を使っているようだ。

金華猫は十本注文し、私達は先ほどと同じくひとつを半分ずつである。

串打ちされた蛇肉はとてもおいしそうに見えた。腹を括っていただく。

「では、お先に」

意を決し、蛇の蒲焼きにかぶりつく。肉質は――硬い。味わいは鶏肉に似ている。たまり醤油が香ばしく、ほんのり甘い。加えて臭み消しの香辛料がしっかり利いていて、酒と合いそうだ。

「紫苑、いかがでしたか？」

「いや、少し硬い鶏肉っぽくて、あんがいおいしいかも？」

「そうですか」

月天子は蛇の蒲焼きを受け取り、ためらいもせずに食べ始める。

ここで気づく。私が齧ったところを月天子がそのまま食べていることに。

避けて食べたらいいのに……。

なんだかとてつもなく恥ずかしくなって、見ていられなくなった。

「たしかに、紫苑の言うとおり、鶏肉に似ています」

「だよね」

黒蛇に勝つ。そんな思いで、私達は蛇の蒲焼きを食べきったのだった。

帰りがけに、ひーちゃんが精肉店の前で足を止める。

「ひーちゃん、どうかしたの？」

「ここのおみせ、なんだか、なつかしいの」

「え、精肉店が？」

店頭には、活きのいい赤犬入荷しました！と書いてある。

「まさか、ひーちゃんって食肉用として売られていたの!?」

「うーん、よくおぼえていないけれど、そうだったような、きがする」

精肉店で売られていた犬だったので、非常時になったら食べよう。そんな意味合いで非常食と名付けられたのか。

こんな可愛い子を食べるなんて、恐ろしいことを考えるものだ。

道行く人達がひーちゃんを見つめるのは可愛いからだと思っていたが、もしかしたら「おいしそうな犬だ」と思っていた可能性もなきにしもあらず、というわけなのか。

月天子に聞いたところ、帝都では犬も食べるらしい。いろいろな文化があるものだと改めて思った。

帰宅すると、月天子が疲れた表情を浮かべているのに気づく。

「なんか顔色が悪いけれど、大丈夫？」

「少し吐き気が……。小食なのに、調子に乗って食べすぎたのかもしれません」

「え、毒じゃないよね？」

「いいえ、ちがいます」

毒だったらすぐにわかるらしい。今回はただの食べすぎによる胃もたれだという。

「あ、ごめんなさい。私があれを食べたい、これを食べたいと我が儘を言ったから」

「いいえ、紫苑は関係ないですよ。楽しい気持ちになって珍しく食欲が湧いたのです」

料理に毒が混入されていることが日常茶飯事だった月天子は、気がつけば食事をあまり口にしなくなっていたらしい。目の前で毒見役が死んでいく記憶が甦るのも、食欲が失せる原因のようだ。

「紫苑のおかげで久しぶりに食事が楽しかったんです。休んだらよくなりますので、どうか心配なさらないでくださいませ」

そうはいっても普段元気な人が体調が悪いと訴えると心配してしまう。

「薬膳茶を淹れようか？　この前、瞬太監に習ったやつ」

「いえ、それよりも、紫苑が漬けた薬酒を少しだけいただけますか？」

具合が悪いのに、酒なんか飲んで大丈夫なのだろうか。指摘するも、ほんのちょっと飲む程度なので問題ないという。

「わかった。えーっと、じゃあ、寝台で横になって待っていて」

「寝台は、紫苑のものですので」

「昼間は使わないし。使いたくなっても一緒に眠ればいいから」

「あ……そう、ですね」

月天子の頬がみるみるうちに赤く染まっていく。吐き気だけではなく、熱もあるのか。だとしたら、ますます布団でゆっくり休む必要があるだろう。

彼がしっかり寝台で横たわるのを確認し、額に濡れた手巾を置いて顔を冷やす。

「すぐに薬酒を持ってくるから」

「はい。ありがとうございます」

瞬太監からもらった薬効一覧を参考に薬酒を選ぶ。

「吐き気、胃の不調……えーっと、どれがいいかな。あ！」

手に取った瓶は生姜酒。吐き気を抑えるうえに、整腸効果も発揮するようだ。今の月天子にうってつけの薬酒だというわけだ。このままでは飲みにくいので、蜂蜜を垂らしてみる。蜂蜜は疲労回復効果や腸内環境を整える殺菌効果もある。生姜との相性も抜群なので、おいしく飲んでもらえるだろう。

少し酒精を飛ばしたほうがいいのかもしれない。鍋に入れて火にかける。

ホカホカと湯気立つそれを、陶器の酒杯に注いだ。

すぐに運んで月天子に飲んでもらわなければ。その前に、毒見をしなければならない。

「紫苑が作ったものなので、毒見は必要ないです」

「いやいや、わからないから」

一応酒杯は洗ったが、あらかじめどこかに毒が仕込んである可能性だって否定できない。いくら相手を信頼していても、疑ったほうがいいだろう。

ひと口、蜂蜜生姜酒をいただく。

蜂蜜のやわらかな甘みの中に、生姜のキリリとした辛みを感じた。生姜酒だけだったら少々飲みにくいかもしれないが、蜂蜜をたっぷり入れたので味わいはまろやかになっている。「うん、おいしい！」と言って月天子に差し出されたら、笑われてしまった。

月天子は上品なしぐさで、ひと口飲む。

「甘いのにあっさりしていて、とてもおいしいです」

「よかった」

蜂蜜生姜酒を飲み干したあと、ひと言ふた言会話を交わすうちに月天子は眠りについた。美しい寝顔は永遠に見ていられるが、勝手に眺めるのはよくないだろう。あとの世話は女官に任せ、寝台から離れた。

翌日——月天子は見事復活を遂げた。吐き気や胃の不調はすっかりなくなったという。

「紫苑が作ってくださった、薬酒のおかげですね！」

「いやいや、それほどでも」

　病みあがりなので今日はのんびり過ごそうと提案したいところだが、私達にはやらなければならない仕事がある。

　秋霖妃への面会の約束を取り付けたので、いろいろ準備を始めた。

　まず瞬太監を訪問し、途中経過を報告。ついでに話が盛りあがり、いい着想がないかと助言を求める。

「でしたら、薬膳菓子を作るのはいかがでしょう？」

　薬膳は茶や酒、料理のほかに菓子もあるらしい。女性の中には菓子が好きな人も多いので、きっと秋霖妃にも喜んでもらえるだろう。

「こんなこともあろうかと、いくつか、菓子の作り方を巻物に認《したた》めておきました。どうぞ、ご参考にされてください」

「瞬太監、ありがとうございます」

　おかげさまで会話の種がひとつ増えた。ほくほく気分で隠者屋敷に戻る。

　帰宅後、薬膳菓子作りに挑戦する。

　瞬太監からもらった巻物を参考にして作るのは、みかんの寒天固めだ。

　みかんは初物として、月天子に献上されたらしい。免疫力を高め、風邪の予防にもなると書かれてあった。寒天は便秘を解消する効果がある上に、腹持ちもいいようなので女性にとって嬉しい食材かもしれない。

秋のみかんは少々酸っぱいので、甘露煮にしておく。月天子の指示で、女官が作ってくれていた。

「まず、甘露煮の汁のみを取り出して、水を加えます。そこに寒天を入れて、しばし煮込むのです」

みかんの実は器に並べておくようだ。ぐつぐつ煮込むと、寒天が溶けていく。完全に溶けきったら、みかんを入れた器に注ぐ。

熱が取れるのを待ち、氷水にさらして器ごと冷やす。

「みかんの寒天固めの完成です！」

「おお！」

寒天固めというお菓子は初めて見た。なんでも、この寒天固めは異国から伝わったばかりらしい。帝都でも一部の人間しか口にしたことがない、非常に珍しい一品だとか。

「秋とはいえ、昼間は汗ばむ日もありますので、喜んでいただけるでしょう」

準備が整ったので、秋霖妃が住まう竜胆宮を目指す。

金華猫と小鈴は、女官に扮して同行してもらう。ひーちゃんはお留守番だ。

「あのね、ひーちゃんね、おるすばん、じょうずなの！」

「ひーちゃん、えらい、えらい！」

本当は連れていきたいものの、秋霖妃が犬好きかどうかわからない。今日は泣く泣く置いていくというわけだ。

「じゃあね、ひーちゃん。行ってくる」

「いってらっしゃい！」

尻尾を振るひーちゃんに見送られながら、隠者屋敷を出発した。

久しぶりに火熨斗がパリッとかかった服を着たので、自然と背筋がピーンと伸びる。緊張もしているだろう。月天子は相変わらず、落ち着いているようだけれど。

「今度こそ、人喰いあやかしだったらいいけれど」

私の呟きに、金華猫は言葉を返す。

「あなた、人喰いあやかしに勝つ自信があるのね」

「だって、みんなで作った呪符はあるし、月天子もいるから、負ける気がしなくて」

「羨ましくなるわ、怖いもの知らずは」

金華猫はため息をつき、憂鬱そうにしていた。長い時を生きる彼女ですら、恐ろしいと感じるものがあるようだ。

「ちなみに、金華猫の知っている怖いものってなに？」

「人の死……かしら。あっけないものよ」

退治されない限り永遠に生きるあやかしに、人間のような死という概念はないらしい。

だから、病気や寿命で息絶えていく人を前にすると恐ろしくなるようだ。

「紫苑、死ぬときは事前申請しなさい。ワタシの知らないところで死んだら、絶対に許さないから」

「うーん、難しいな」

と、そんな話をしているうちに、後宮の西に位置する竜胆宮に到着した。馬車から降りて宮殿を仰ぎ見る。

竜胆宮は壁も屋根も白という落ち着いた外観であった。迎える女官達は、物静かで上品な方々ばかり。こちらへと、秋霖妃のもとまで案内してくれる。

竜胆宮の内部は全体的に薄暗い。壁が黒いので余計にそう思えるのだろう。宮殿の外観は真っ白なのに内部が黒というのは斬新である。

女官の手によって、秋霖妃の部屋の扉が開かれた。

「ようこそいらっしゃいました」

秋霖妃は膝に兎を抱いた姿で、おっとりした様子で私達を歓迎してくれる。

年頃は二十歳と調査書にあったか。春蘭妃ほど貫禄はなく、華夏妃ほど幼くはない。まさに盛りを迎えた美しい妃、という雰囲気であった。

白虎《びゃっこ》を模った銀冠が輝きを放ち、眩しくなって目を細める。艶やかな長い黒髪は丁寧に結いあげられ、秋霖妃が動くたびにサラサラとやわらかく揺れた。

愛おしそうに兎を撫でている仕草は、太らせて食べようという残酷な考えなど滲んでいるようには見えない。

ただ、兎は少々むっくりしているように思えた。しかしまあ愛玩動物なので、多少ふくよかになることもあるだろう。

「後宮唯一の男装妃を噂で耳にしてから、お会いできたらいいなと思っていましたの」

「そのようにおっしゃっていただけて、光栄です」

ふた言、三言会話を交わしたところで、持参した土産を献上する。

「こちらをお近づきの印に受け取っていただけたら、嬉しいです」

まず紹介したのは、先ほど作ったみかんの寒天固め。豆皿に器をひっくり返す。すると、ぷるんと器から飛び出した。薄く油を塗っておくと、こうやって皿に取り出せるらしい。

秋霖妃へと差し出すと、瞳をキラキラと輝かせていた。

「これはなんですの？」

「こちら、みかんの寒天固めでございます」

「まあ、水晶のように美しい食べ物ですこと」

まずは毒見をする。女官が無表情で食べるのを見守った。

「大丈夫みたいですね。秋霖妃、どうぞ」

「ええ、ありがとう」

秋霖妃は匙を手に取り、上品な手つきでみかんの寒天固めを掬って食べる。口にした瞬間、秋霖妃は頬に手を当てて微笑んだ。

「ああ、天にも昇るようなおいしさです」

「お口に合ったようで、なによりです」

見た目や味に満足いただけたのはもちろんのこと、みかんや寒天の持つ薬効にも興味津々といった様子だった。

なんでも、日々美容に力を入れているらしい。今日も太陽よりも早く起きて、三時間かけて髪の手入れをしていたようだ。

「ほかにも、蜂蜜を肌に塗ったり、牛乳風呂に入ったり、垢を擦ったり。ほかの妃達に負けないよう、努力していますの」

「それはすごい」

「紫苑妃はなにかされているのですか？」

なにもしていない。けれども、正直に答えたら不審に思われるだろう。皆、皇帝陛下のために美しくなろうと努力しているのだ。

「私は、その、美容効果のある薬酒を飲んでいます」

「まあ！　そんなものがありますのね」

「え、ええ」

薬膳菓子のように食品に美容効果があるのだと、しどろもどろに説明する。

「今度、お持ちしますね」

「楽しみにしております」

薬膳絡みで会話が盛りあがったので、ホッと胸を撫で下ろす。

続いて、兎のぬいぐるみを紹介する。木箱の蓋を開いた瞬間、秋霖妃は小首を傾げた。

「あの、こちらはなんですの？」

「世にも珍しい、異国から取り寄せた兎を模したぬいぐるみです」

「ぬいぐるみというのは、初めて聞きました」

みかんの寒天固めはわかりやすいくらい喜んでいたものの、兎のぬいぐるみには反応が薄い。

……怪しい。仮に兎を可愛がっているのならば、もっとこう、嬉しそうにするはずだ。

「紫苑妃、お心遣いに感謝いたします」

受け取って抱くこともなく、秋霖妃は兎のぬいぐるみが収められた木箱を女官へと運ばせる。

「あの、もしや、兎は生きているほうがお好きなのですか？」

「そう、ですわね」

「それはそれは、失礼いたしました」

「いいえ、どうかお気になさらず。お気持ちはとても嬉しかったです」

会話が途切れると、秋霖妃は女官に指示を出す。なにをするのかと思いきや、部屋の奥から野菜の盛り合わせを持って戻ってきた。

秋霖妃の膝の上にいた兎は耳をぴこんと立てて、床を目がけて飛び降りる。脇目も振らず野菜の盛り合わせを手にした女官のもとへ跳びはねていった。

そして、床に置かれた野菜をバリボリと食べ始めた。

「兎の餌の時間でしたか？」

「いいえ、あれはおやつですわ。二時間に一回、与えておりますの」

あの量を二時間に一度食べさせていたら、あっという間にムクムクと太るだろう。

愛がある行動にはとても思えない。けれども、裕福な生活をする者の中には、たくさん食べることが幸せだと感じる人もいるという話を耳にした記憶がある。

判断が難しい。一度引きさがったほうがいいだろう。

「では、そろそろお暇を」

「あらあら。楽しい時間はあっという間ですわね」

「本当に。また、お邪魔してもよろしいでしょうか？」

秋霖妃のほうをちらりと覗うと、にっこり微笑みを返してくれた。

「もちろん！　楽しみにしております。お暇であれば明日にでも、是非！」

「ありがとうございます」

次に繋げることができたので、ひとまず安堵する。月天子と目配せし、金華猫や小鈴に「帰ろう」と声をかけ、竜胆宮をあとにする。

馬車の中で、意見交換が取り行われた。

「月天子、秋霖妃の様子、どう思う？」

「少なくとも、兎を愛玩動物として可愛がっているわけではない、ということがわかりました」

「うーむ」

なんでも月天子の目には、秋霖妃が兎を可愛がるふりをしているように見えたらしい。周囲に兎好きだと主張するために、膝の上に置いていたのだろうと。

「金華猫はどう思った？」

「あの小娘、底意地が悪く思えてならなかったわ」

「え、どうして？」

「だって贈り物をもらったときは、喜ぶふりくらいするでしょう？」

その返答に首を傾げてしまう。果たしてそうなのか疑問に思った。

「うーん。喜ぶふりをするほうが、底意地悪く思うけれど？」

「人間社会では関係性を円滑にするために、嬉しくないときでも表面上は喜ぶものなのよ」

「そ、そうなんだ」

あやかしである金華猫に、人間社会についての教えを受ける私っていったい……。

金華猫の意見に月天子も同意する。

「たしかに、彼女は心中になにかを秘めているように感じました」

「こ、小鈴はどう思った？」

「えっと、その、微笑んだあと、一瞬真顔になる瞬間があって、少々恐ろしくなりました」

小鈴の証言にゾッとしてしまう。その辺は、まったく気づいていなかった。

「うわ……。それって作り笑いってこと？」

「私が見まちがえた可能性もありますが」

秋霖妃がおっとりした上品な人物に見えていたのは、私だけだったようだ。

彼女の行動の数々は、あやかしが人間のふりをする際に見られる行動に似ているという。

「でも、彼女が黒蛇だとしたら、美容にかなり力を入れている理由は？」

「美しい存在は人を惹きつけます。その効果を狙っているのかもしれません」

「た、たしかに」

美貌の皇太子である月天子が言うと、説得力があった。

ひとまず、次回は美容に効果がある薬酒を持参し、竜胆宮を訪問する。会話の種になりそうな美容ネタを集めたほうがいいだろう。その辺の話は月天子が詳しいだろうし、あとで聞かなければ。

夜――薬酒を囲みつつ、美容についての質問を投げかける。

ちなみに薬酒は、月天子が咳き込んでいたので花梨《かりん》酒にした。瞬太監から教わった薬効によると、花梨は喉の炎症緩和と咳止めに効果があるらしい。

花梨酒は爽やかな香りが漂い、口にすると酸味とほんのちょっと渋みを感じる。大人の味だ。

「美容についてですか？」

「そう。普段、なにをしているのかと思って」

肌は陶器のように白くつやつやで、髪は絹のように手触りがよさそうだ。睫《まつげ》は長くクルリと上を向いていて、腕やすねには無駄毛なんていっさいない。

女官の中に専属美容師でもいて、こっそり手入れをしているにちがいない。

「とくに、なにもしていないのですが」

「なんだって？」

「手入れはしておりません」

「う、嘘だー！」

朝と晩、石鹼で顔を洗っているものの、肌や髪に手を加えることはしていないという。

「月天子の美貌は神々からの賜りものなんだ。そうにちがいない」

自分に言い聞かせ、納得するしかなかった。

翌日――朝一番に嫌な報告が届いた。また、妃が行方不明となったのだ。もう三日も姿を見ていないらしい。まちがいなく人喰いあやかしの仕業だ。

一刻も早く、人喰いあやかしを突き止める必要がある。ハシバミの薬酒を持って秋霖妃のもとを訪問する。

一応、夜のうちに訪問の旨を告げる手紙を送っておいたため、朝には「お待ちしております」という返事が届いていた。

今回も女官に扮した金華猫と小鈴、それに加えてひーちゃんにも同行してもらう。兎の話題になったときに犬を飼っているという話をしたところ、手紙に、今度はわんちゃんも一緒にどうぞと書いてあったので、遠慮なく連れていくことに決めた。

ひーちゃんは久しぶりの外出なので、尻尾をぶんぶん振って喜んでいる。

「みんないっしょ、うれしいねえ」

「そうだね」

ひーちゃんがいると、馬車の中の空気も明るくなる。彼女は私達にとって清涼剤なのだ。

秋霖妃は昨日同様、膝に兎をのせて迎える。今日は不思議と、撫でる動作が作業的に見えてしまう。兎好きというよりは、兎好きを暗に主張しているような撫で方である。

ひーちゃんを前にしても、貼り付けたような笑みを浮かべるばかりであった。

もしかして、ひーちゃんを食料候補として眺めているのではないか。そんな疑いがじわじわ浮かんでくる。いくらひーちゃんが精肉店出身で本名が非常食でも、肉として見るのは絶対に許せない。

と、観察している場合ではなかった。持参した土産を秋霖妃に献上しなければ。

「秋霖妃、こちら、先日お話しした薬酒です。ハシバミの実を酒に漬けたものです」

「まあ、ハシバミをお酒に？　初めて聞きました」

通常、ハシバミは炒ったものを餡絡めにして食べたり、細かく砕いて菓子に入れたりと、そのまま食べる場合が多い。けれども、ハシバミを酒に漬けて飲んでみたらけっこうおいしかったので、お気に召していただけるだろう。

ハシバミ酒は美容に効果があり、肌に潤いを与え、たるみをきゅっと引き締めてくれるらしい。ほかにも、疲労回復や強壮効果も期待できるようだ。

薬効について説明すると、秋霖妃は嬉しそうに酒の入った瓶を抱きしめる。やはり、彼女はわかりやすく喜ぶ人のようだった。

ハシバミ酒はぜんぶで五個持ってきた。遠慮なく飲んでほしい。

「さっそく、いただいてもよろしいでしょうか？」

「ええ、もちろん」

「ありがとうございます」

今日はもてなしの料理を用意してくれていた。大きな円卓が部屋の中心に運ばれ、女官が次々と料理を並べる。食べきれないほどの料理が、ずらりと勢揃いした。

燕《つばめ》の巣の煮込みに家鴨《あひる》の丸焼き、鱶鰭の姿煮、鮑の酒蒸し、皮蛋《ピータン》粥――と、高級食材を使った料理ばかりだ。

燕の巣が出されるのは最大の歓迎だと耳にした記憶があった。また、格式高い食事の席という意味合いもある。まさか、ここまでしてくれるなんて。

あやかしにこの心遣いはできるものなのか。月天子を振り返ったが、無表情だったので感情は読み取れなかった。

「では、紫苑妃、いただきましょう」

「は、はい」

ほかほかと湯気が漂う高級料理をいただく。毒見はしないのかと問いかけると、箸やレンゲが銀器なので、毒が混入されていたら黒く変色するという。

「心配でしたら女官が確認しますが、いかがいたしましょう」

「いいえ、大丈夫です」

はきはき元気よく答えたからか、背後にいた月天子が咳払いした。なんとなく毒見をしたほうがよいと訴えているのはわかったものの、ごちそうを前にしていたのでその魅力にはあらがえなかった。銀器の反応を見て問題ないだろうと思っていたが、月天子が再度咳払いする。やはり、毒見はしろと言いたいのだろう。

「えーっと、だったら金華びょ……、えー、お金《きん》、毒見をお願い」

「え、いいの？」

「月子が毒見をしろって聞かないから」

「わかったわ。ワタシに任せてちょうだい！」

金華猫はあやかしなので、毒が混入されていても死ぬことはない。毒見役としてはいささか微妙であるものの、舌が肥えている。なにか異物が混入されていたら気づくだろう。

金華猫は瞳を輝かせながら毒見をした。しっかり味わっているように見える。毒があったら報告してくれよと、心の中でお願いしておいた。

「大丈夫。普通においしいわ」

「ありがとう」

毒見が終わったので、さっそくいただく。

生まれて初めて鮑を食べたが、驚くほどやわらかい。燕の巣はぷるぷるで、少し寒天に似ていた。鱶鰭は春雨のようなものかと思っていたが、ぜんぜんちがう。トロトロしていて、あんかけのような汁がよく絡んでいる。身が繊維状になっていて、噛むとぷつんと弾けた。家鴨の丸焼きは、なんと肉ごと削いだ皮しか食べないらしい。薄焼きにした生地にタレと一緒に巻いてからいただく。家鴨の皮はパリッとしていて、肉はジューシー。これがもちもち食感の生地と、ピリッとしたタレとよく合う。

皮蛋は真っ黒い家鴨の卵。白身は黒く染まり、寒天のように固まっている。黄身も濃い灰色がかっている。臭いはあるが、しばし外に晒すとなくなるらしい。くんくんと軽く嗅いでみたが、とくになにも感じなかった。

ドス黒い家鴨の卵……これが、高級食材というのだから驚きである。

なぜこのように家鴨の卵が黒くなるのかといえば、発酵させているから。なんでも、灰や木炭、塩と一緒に小麦粘土に包んで壺の中で一か月以上放置するという。怪しい、食べても大丈夫なのかと心配になるような調理工程だが——これがおいしいのだ。

いや、口に含んだら臭みを感じるけれども、皮蛋の味自体は濃厚でコクがあった。

料理は匂いも重要なので、アリかナシかといったら、アリ寄りのナシだけれど。いくらおいしくても、臭いのはちょっと辛い。ただ、そう感じるのは私の庶民的な舌のせいだろう。皮蛋が好きな人は、自信を持っておいしいと叫び続けてほしい。

私が料理を堪能している間、秋霖妃は薬酒を飲み続けていた。お口に合ったのだろうか。次から次へとごくごく飲んでいる。あっという間にひとつ目の瓶を空にしてしまった。

「申し訳ありません。あまりにもおいしいので」

「まだたくさんありますので、どんどん飲んでください」

「ありがとうございます」

あやかしは酒好きだ。酔っ払った結果、正体を現すことがあるという。

秋霖妃はザルなのか、顔色をいっさい変えずに酒を飲み続けていた。だいたい、酒を大量に飲んだら顔に現れる。赤面せずとも顔がむくんだり、目つきがとろんとしてきたりなど、なにか出てくるはずなのに、見た目は変わらなかった。

おかしいとしか言いようがない。

月天子が「服が乱れています」と言って私に接近する。帯を直すふりをしながら、耳元で囁いた。

「うわばみ、ということでしょうか」

耳にした瞬間、ぞくりと肌が粟立つ。

うわばみというのは、七十二候ノ国で大酒飲みを指す言葉である。けれども、もともとの意味は大蛇という意味なのだ。大蛇がなんでも丸呑みする様子から、次から次へと酒を飲む者をうわばみと呼ぶようになったらしい。

大酒飲みの大蛇——正真正銘、ふたつの意味でうわばみと言えるだろう。

酒を大量に飲んでも、秋霖妃の様子は変わらない。だとしたら、別の作戦に出ないといけない。私が酒に弱い、という点を活かそう。そう思って、女官が用意してくれた酒を飲み、たった四杯飲んだだけで私は潰れた。

「うっ……気持ち悪い」

ひーちゃんがそばにやってきて、心配そうに顔を覗き込んでくる。頭を撫でて安心させる余裕すらない。

「あらあら、大変ですわ。紫苑妃、部屋を用意させますので、どうかしばしお休みになってくださいませ」

「で、でも、悪いから、いったん帰ろうかなと」

「いいえ。馬車で揺られたら、余計に具合が悪くなりますわ。どうかお願いですから、ゆっくり休んでいってくださいませ」

「あ、ありがとうございます。それでは、お言葉に甘えて」

金華猫と小鈴に支えられて、女官が案内する客室へと移動した。本当に酔っ払っているので気持ち悪い。吐き気を抑えつつ、一歩一歩と進んでいく。

すでに布団が敷かれていて、倒れるように転がり込んだ。秋霖妃の女官達は私を気の毒そうに見つめている。

「あの、紫苑妃、お医者様をお呼びしましょうか？」

「いいえ、大丈夫。女官の月子が、いろいろ知っているから」

「承知いたしました。必要な物があれば、なんでも申してください」

「ありがとう」

女官がいなくなると、ふ――と深く長いため息が出る。すぐに月天子がそばにやってきて、冷たい濡れ手巾を額にのせてくれた。

「冷たくて気持ちがいい。月天子、ありがとう」

「いえ。あの、紫苑、大丈夫ですか？」

「まあ、なんとか」

しばらく休ませていただく。そのために、酒をたくさん飲んだのだ。このまま、竜胆宮に一泊させてもらいたい。目的は、夜になって秋霖妃が正体を現す瞬間を目にすること。

「なにかしてほしいことはありますか？」

「とくにないけれど――金華猫とひーちゃん、小鈴が一緒に眠ってくれたら嬉しいな」

「紫苑、わたくしでは力不足なのですか？」

「いや、月天子は意外と筋肉質だし」

月天子の屈強な体は添い寝に向かない。不服そうに私を見つめているが、日々、鍛えているようなので仕方がない話だろう。

まず、ひーちゃんが布団に潜り込んでくる。ふかふかの毛並みに癒やされた。

まだまだ私には癒やしが必要なのである。

ちらりと金華猫を見ると、仕方がないとばかりにため息をついた。

金華猫と小鈴は化けを解いて、布団の中へと潜り込んでくれる。ふわふわ、もふもふに囲まれながら、しばし休ませてもらう。


頬にぐいぐいと強い力を感じて目覚める。なにかと思ったら、金華猫の肉球が頬にめり込んでいるようだった。そっと外したら「シャー！」と鳴かれ、起きているのかと思って見たが、ぐっすり眠っていた。いったいどんな夢を見ているのやら。

逆の方向を向くと、正座して私を見下ろす月天子の存在に気づいた。危うく、悲鳴をあげるところだった。

「びっくりした。もしかして、私が眠っている間、ずっとそこにいたの？」

「ええ」

「あ、ありがとう」

窓の外は真っ暗だった。ずいぶんと長い間、眠っていたようである。

「先ほど秋霖妃から、今日は竜胆宮に泊まるようにというお言葉があったと、女官から連絡がありました」

「よし、狙いどおり」

「紫苑、こういう作戦は、今回限りにしてくださいね」

眠る私を見ていたら、このまま起きないのではないかと心配になったらしい。申し訳ないことをした。

「毒見も、わたくしがしたいくらいでした」

「いやいや、未来の皇帝陛下に、毒見なんかさせるわけにはいかないって」

「未来の皇帝……ですか。本来ならば――」

「ん？」

「いいえ、なんでもありません」

なにか引っかかるような物言いだったが、相手が言いたくない言葉を無理に引き出すのはよくないと思い、聞かなかったことにした。

夕食の粥が運ばれてくる。ひーちゃんには茹でた肉、月天子や金華猫、小鈴には昼間の残りが届けられ、みんなでありがたくいただく。

塩のみで味付けされた粥が、沁み入るようにおいしい。竜胆宮の女官の心遣いに感謝した。おかげさまで酔いも治まる。元気いっぱいの状態で調査に取りかかれるだろう。

そして――誰もが寝静まった夜。私達は行動を開始する。

私は着の身着のまま、月天子は竜胆宮の女官の恰好をする。私の専属女官とは異なる、控えめな女官に変装していた。相変わらず、彼の別人に変身する能力はすばらしい。

金華猫や小鈴は、闇に溶けて姿が見えないようにしてもらう。ひーちゃんはお留守番だ。

「ひーちゃん、ここの布団を守っていてね」

「うん、わかった！」

尻尾を振るひーちゃんに見送られながら、客室から廊下に出る。

堂々と他人の宮殿を歩き回って調査するなど、緊張してしまう。

もし発見されても、厠《かわや》に案内してもらっていたと言い訳すればいいだけなのだが……。

果たしてうまくいくものなのか。

これ以上被害者を出すわけにはいかないので、思いついた作戦を果敢に実行するしかない。廊下の板が軋む音を立てるたびに、ドキドキと胸が高鳴る。潜入は心臓に悪い。

月天子は慣れているようで落ち着いていた。本物の竜胆宮の女官にしか見えない。

秋霖妃がいるであろう、寝室へと進んでいく。

幸いにも、夜間の見張りをする女官はいなかった。ただ、秋霖妃に呼び出されたらすぐに参上できるよう、控えている者達がいるのだろう。時折、扉の隙間から灯りが漏れている。そこを通るときは、息をひそめて抜き足差し足で進む。気分は泥棒だ。

やっとのことで、秋霖妃の寝室へと辿り着いた。引き戸を少しだけ開けて、中の様子を窺う。淡く光る行灯が置かれ、その近くで秋霖妃はすうすう寝息を立てて眠っていた。兎はカゴの中で大人しくしている。とくにおかしな様子は見られない。ただ寝ているようにしか見えない。

ひたひたと足音が聞こえる。急いで角を曲がり、息をひそめた。

やってきたのは、ふたり組の女官。私達と同じように、戸を少し開けて中の様子を窺っている。夜間の様子窺いだと月天子が耳打ちして教えてくれた。

女官らは互いに頷き合うと、やってきた廊下を戻っていく。

こちらへ向かってきたらどうしようかと思っていたが、危機は去ったようだ。ホッと胸を撫で下ろす。

再び秋霖妃を監視していたのだが、再度女官達の足音と気配を感じた。どうやら、かなり高い頻度で見回りをしているようだ。

ここで見張り続けるというのは、女官に見つかる可能性がある。ここは、闇に溶けることができる金華猫に監視を頼みたい。

「ねえ、金華猫、ここの監視を任せてもいい？」

「このワタシが、蛇が苦手なのを知っていて頼んでいるの？」

「うっ、ごめん。借りは絶対に返すから」

神様、仙女様、金華猫様と、平伏してお願いする。頭をさげ続けたら、「わかったわよ」と願いを受け入れてくれた。

「もちろん、借りはお酒と料理、両方で返していただくわ」

「了解です」

金華猫には悪いが、客室に戻って朝まで仮眠を取らせてもらおうか。

警戒を緩めていない月天子の肩を叩き、作戦を耳打ちする。

「月天子、監視は金華猫に任せて少し眠ろう」

「そうですね」

小鈴は私と一緒にいてもらう。極度の緊張で、疲労感が押し寄せていた。小鈴という癒やしが私には必要だった。

その場を金華猫に任せ、私達は客室へと戻る。扉を閉め、出迎えてくれたひーちゃんを見た瞬間、やっと安堵することができた。

「おかえりなさい！」

「ひーちゃん、ただいま」

駆けてきたひーちゃんをぎゅっと抱きしめ、心を落ち着かせる。

「紫苑、大丈夫ですか？」

「うん、平気。それよりも月天子、なにかわかった？」

「ええ」

まず、寝ている様子を女官が何度も確認しているのならば、夜間の犯行は難しいのではないかと指摘する。

「あやかしだとしたら、幻術で眠っている姿を作り出すことも可能だと思うけれど」

ただ、幻術であれば、疑ってかかった場合に限り違和感を覚えるらしい。

月天子も幻術の可能性を考えたようだが、おかしな点は見つけられなかったという。

「寝ていたのは、本物の秋霖妃でまちがいない？」

「ええ」

もしかしたら、今回も妃は人喰いあやかしではなかったのではないか。そう結論づけたかったが、ここ最近後宮で囁かれていた黒蛇についての噂の出所を再調査しなければ。

「明日、皇后陛下に報告と相談に行きましょう。瞬太監から、なにか助言をいただけるかもしれませんし」

「わかった」

会話が途切れたのと同時に、欠伸が出る。夜まで眠っていたというのに、夜中は夜中で眠たくなるようだ。月天子も白目が充血している。眠たいのかもしれない。

「少し、仮眠を取ろうか」

「そうですね」

敷きっぱなしだった布団に横たわる。竜胆宮の女官は月天子や金華猫、小鈴の分まで布団を用意してくれていた。余分に置いてある座布団は、ひーちゃん専用の寝床なのだろう。

小鈴を抱きしめ、寝転がる。ひーちゃんも布団の中へと潜り込んできた。月天子は部屋の隅に移動し、小刀を手にした状態で瞼を閉じた。

「いやいや、待って。月天子、もしかしてその体勢で眠るの!?」

「ええ。なにかあったときに、すぐに対応できますので」

「そんな恰好じゃ、体が休まらないから」

布団を剝がし、隣をポンポンと叩いた。月天子は意味がわからないのか、可愛らしく小首を傾げている。

「一緒に眠ろうって意味！」

「え？」

「少しの間だけだから、いいでしょう？　誰かやってきたら、ひーちゃんや小鈴が教えてくれるから安心だし」

未婚の男女が同じ布団でどうこうと物申すかと思いきや、月天子はきつく締まった襟を少しだけ緩めて潜り込む。その際に、服の合わせから胸元が見えてドキッとした。わかっていたけれど、男の胸板である。

見てはいけないものを目にしたような気持ちになってしまう。

胸の鼓動が落ち着かない。もしや、私はとんでもないお誘いをしてしまったのか。いまさら「恥ずかしいので出ていってくれ」とは言えない。

「紫苑は残酷ですね」

「どうしてそうなるの？」

「だって、こうして異性を布団に招くというのは、意識していないという証拠になりますので」

「意識――してるよ。これまでになく」

ようやく、月天子の言う意識するという言葉について正しく理解したような気がする。

本当にこの期に及んで、という感じだけれど。

「そうなんですか？」

「そう。今、後悔してる。気軽に誘ったけれど、月天子が隣に来たらものすごく恥ずかしいから」

「そうですか。紫苑は、恥ずかしいのですね」

「復唱しないで！」

今、大事なのはしっかり休むことだろう。気持ちを確かめ合っている場合ではない。

「耐えきれないようであれば、わたくしはあちらの布団で眠りましょうか？」

「いい、大丈夫だから」

月天子に背を向けて目を閉じる。眠れるか心配だったが疲れていたのだろう。ぐっすりと寝入ってしまった。


目が覚めたのは明け方。金華猫の叫びで飛び起きる。

「ちょっと、大変よ!!」

「う、うわー!!」

金華猫は私の耳元で叫び、尚かつ腹の上で跳びはねた。なんとも過激な起こし方である。

「な、なに、どうしたの!?」

「例のあやかし、黒蛇がいたのよ!!」

「は!?」

金華猫はとんでもないモノを目撃したようだ。この騒ぎの中、月天子も目を覚ます。

眠る秋霖妃と女官の見回りを交互に見届けていた金華猫であったが、明け方に変化が訪れる。女官の見回りが来なくなったと思っていたら、突然、秋霖妃がむくりと起きあがったらしい。

「部屋が真っ暗になって、なにも見えなくなったの」

目の前の闇を振り払い、金華猫は部屋の様子を覗き込む。

「秋霖妃の姿はなくなっていたわ。代わりに、巨大な黒蛇がいたのよ!!」

枕元に置いてあった兎をカゴごと呑み込んでいたという。黒蛇の視線が、金華猫を捉えたような気がした。そう感じた瞬間に、撤退を決めたようだ。

「秋霖妃が人喰いあやかしだったのよ!!　絶対にまちがいないわ!!」

金華猫は恐ろしかったのだろう。毛は逆立ち、尻尾をぶわっと膨らませ、ガクブルと震えていた。そんな彼女を抱きあげ、よしよしと撫でる。

「月天子、どうする？　まずは出直して、兵部に報告する？」

「いいえ。これから黒蛇を見にいきましょう」

「本気で言っている？」

「ええ」

もしかしたら兎はおやつみたいな存在で、続けて人を襲う可能性がある。だとしたら、このまま引きさがるわけにもいかないという。

「紫苑はここに残っていても構いません」

「いや、一緒に行くよ」

「ですが、恐ろしいのでしょう？」

そんなことなどひと言も発していなかったが、きっと顔や態度に出ていたのかもしれない。ただ、そう感じているのは私だけではないのだろう。これまで何人もの人を襲い、呑み込んできた人喰いあやかしと対峙するのは月天子も恐ろしいはず。

これまで、彼の相棒として後宮で調査してきた。短い付き合いではあるものの、信頼感が生まれているような気がする。

こうなったら、どこにだってついていくに決まっていた。

「正直に言えば怖いけれど、たぶん、月天子と一緒ならばなんとかなると思う」

「紫苑……」

「だから、一緒に行こう」

用心のために作った呪符も、一枚だって使っていない。大盤振る舞いしても許されるだろう。さあ、最終決戦へ！　気合いを入れたところに、金華猫が物申す。

「紫苑、ワタシはもう行かないわよ！」

「わかった」

「え、いいの？」

「うん。金華猫はよく頑張ったから、ここに残っていて」

「だったら、ここにいるわ」

小鈴がやってきて、同行すると申し出る。可哀想だからいいと言おうとしたのに、月天子が「よろしくお願いいたします」と言って頭をさげた。

皇太子殿下である彼にここまでされたら、引きさがらせるわけにはいかない。

小鈴もいつもの怯えてばかりの態度とは異なり、凛とした眼差しを向けていた。きっと、勇気を振り絞ってくれているのだろう。

「小鈴、一緒に行こう」

「はい！」

「ひーちゃんも、いっしょにいくよ」

「ひーちゃん、ありがとう」

決意を確かめ合い、出発しようとする私達に金華猫が待ったをかける。

「やっぱり、ワタシも行くわ！」

「え、でも……」

「ここで行かなかったら、ワタシがとんでもないへたれみたいじゃない」

強い瞳で意志を伝える金華猫は勇ましい。意気地がないようには見えなかった。

「そんなことはないと思うけれど」

「とにかく、ついていくから！」

相手はたくさんの人々を餌食にした人喰いあやかしである。戦力はひとりでも多いほうがいい。まさに今は、猫の手でも借りたいような状況なのだ。金華猫の申し出をありがたく思う。

「よし、じゃあ、一回気合いを入れよう」

「気合い、ですか？」

「そう！」

あやかし退治に出かける際に毎回やっていた、縁起担ぎを月天子に説明する。

「みんなの手を重ねて、目指せ、一攫千金ー！　と言って、集めた手で拳を作って突きあげるの」

ちなみに、金華猫はイヤイヤ付き合っていた。でも、これをすると一致団結するし、頑張ろうという気持ちになるのだ。

「月天子、したくなかったらしなくてもいいからね」

「いいえ、しましょう。興味があります」

「さすが、月天子。そうこなくっちゃ！」

そんなわけで、みんなで手を前に突き出し、一カ所に集める。金華猫の前脚に小鈴の前脚、そしてひーちゃんの前脚の上に私の手を、さらに月天子の手を重ねる。

竜胆宮の女官に聞こえたらまずいので、声は低めに。

「目指せ、一攫千金！」

「おー」

拳を作って、高々と掲げた。なんだか人喰いあやかしに対する恐怖は薄くなったし、これまで以上に一致団結したような気がする。

「よし、行こう」

後宮で次々起こる不幸の連鎖を、黒蛇を退治することによって断ち切るのだ。

もうすぐ太陽が覗く時間帯なのだろう。女官達は台所や部屋を行き来し、忙しそうにしている。すれちがっても、挨拶するばかりであった。

これ幸いと、急ぎ足で秋霖妃の寝室へと足を伸ばす。

寝室に近づくと、妙な物音が聞こえた。なにか重たい物を引きずっているような、ズ、ズ、ズという不気味な音である。

「な、なに、この音……？」

「おそらく、黒蛇が床を這う音です」

ぞわりと全身の肌が粟立つ。

ついに、人喰いあやかしと対峙する瞬間がやってきたようだ。

月天子は口寄せの呪術を使い、狼を呼び寄せる。美しい白狼が姿を現した。

狼は毛を逆立たせ、グルルルと低く唸っている。敵は確実にいるのだろう。

金華猫は全身の毛を逆立たせ、小鈴はガクガクと震えている。ひーちゃんは姿勢を低くし、珍しく牙を剝き出しにしていた。私も、呪符を手に戦闘に備える。

「紫苑、行きますよ」

「よしきた」

月天子が秋霖妃の寝室の戸を蹴り倒した。

目の前に飛び込んできたのは、黒い布地。これはいったい——?

月天子の狼が布を爪で引き裂いた。どうやら戸を布で覆っていたようだ。

「きゃあ!!」

秋霖妃の悲鳴が響き渡る。そこには、驚きの光景が広がっていた。

牛よりも大きな黒蛇が、秋霖妃の寝室で蜷局《とぐろ》を巻いていたのである。

秋霖妃は黒蛇を膝の上にのせて、頭を撫でていたようだ。

「あ、あなた達は、な、なんですの!?」

秋霖妃の問いかけに、月天子は低い声で答えた。

「わたくし達は皇后陛下の名のもとに、人喰いあやかしについて調査するよう命じられた者です」

「ひ、人喰いあやかしですって!? この子はちがいますわ!! う、兎しか、与えておりません!!」

秋霖妃自身が人喰いあやかしだと思っていたものの、それはまちがいのようだ。

月天子は狼をさがらせ、厳しい声で話しかける。

「そのように巨大な黒蛇など初めて見ました。あやかしの類いとしか思えないのですが」

「いいえ! 正真正銘、この子はあやかしではありません」

「証拠は?」

月天子の容赦ない質問に秋霖妃は涙目となる。小さな声で「本当に、あやかしではありませんの」と呟く。

「この子は、わたくしの故郷から連れてきた……お友達ですわ」

驚くべきことに、秋霖妃はこの巨大な黒蛇を竜胆宮の地下で飼育していたらしい。

巨大な箱に黒蛇を収め、嫁入り道具と一緒に運んできた。さらに協力関係にある女官がおり、外部から餌となる兎を入手していたらしい。

黒蛇は明け方にのみ活動が活発になるため、昼から夜にかけては眠って過ごしていた。そのおかげで、これまで見つからずに済んだ。

屋根裏に殺虫剤を撒いていた理由は、黒蛇の食料となる鼠が寄りつかないようにするためだという。鼠につられて黒蛇が床上に這い出てきたら、大騒ぎになるからだ。

「この子は、人喰いあやかしではありません！」

「具体的な説明をお願いします」

繰り返す秋霖妃に、月天子は低く冷たい声で言葉を返す。

「兎しか口にしない、優しい子ですの。嘘は言いません」

「話になりません。目を離した時間に、竜胆宮を抜け出して妃や女官を喰らっていたかもしれない」

月天子は黒蛇のぽっこりした腹を指差す。ここに、人の血肉や骨が収められているのではないかと。

「解剖したら、わかります」

「そんな、酷い！」

「どちらにせよ、このような巨大な蛇を野放しにはできません。そもそも、大型生物の後宮への持ち込みは禁じられていますから」

大型生物というのは、牛や熊、虎など。世界にはとんでもない生き物を愛玩動物として飼育している人もいるものだと、呆れてしまった。

ちなみに持ち込んだ場合は、見つけ次第殺処分とされている。

「こんなに可愛い子を殺すなんて！　絶対に許しません！」

「そんな我が儘がまかり通るとでも？」

すごい……謎の圧を発する月天子を恐れず、秋霖妃は果敢に言葉を返している。いや、大型生物の持ち込みは後宮の決まりで禁じられているので、無謀と言えばいいのか。

とにかく、彼女からは引くつもりなどいっさい感じられない。ならば、妥協案を提案するまでだ。

ピリリと緊迫した空気の中、挙手したのちに意見を述べた。

「あの、べつに殺して解剖せずとも、糞を調べたらいいのでは？」

「それもそうですね」

月天子は秋霖妃に命じる。今すぐ地下に潜って、黒蛇の糞を取ってくるようにと。

「な、なんでわたくしがそのようなことをしなければならないのです。そもそも、四美人のひとりであるわたくしに、一介の女官が命令するなんて、ありえませんわ」

「わたくしは女官ではありません。少なくとも、身分はあなたより上です」

月天子は満面の笑みを浮かべていたが、目が笑っていない。その迫力には、秋霖妃も抗えなかったのだろう。

黒蛇は嫁入り前に持ってきていたという箱に入れ、外に出ないよう重石をのせておく。


秋霖妃は床下に潜り――十五分後に糞を持ち帰った。

黒蛇の糞は拳大だった。解して調べた結果、秋霖妃の言うとおり兎の骨と毛しか見つからなかった。人の毛髪や骨、服の欠片などはない。黒蛇の殺処分を拒否した秋霖妃は、兵部の宦官兵に連行されていった。黒蛇は没収である。

続けて、事の次第を皇后陛下に報告しにいく。

「秋霖妃、困った娘だこと」

皇后のひと言に、月天子は深々と頷く。

秋霖妃は四美人の位を没収され、後宮から去った。黒蛇は処分されずに、ともに故郷へ帰ったという。秋霖妃の故郷は南にある温暖な地。黒蛇にとっても、生まれ育った過ごしやすい環境でのびのび暮らしたほうがいいだろう。

今度こそ人喰いあやかしを突き止めたかと思っていたのに、黒蛇は化け物じみた大蛇だった。ただあの大きさの蛇は人を丸呑みすることもあるようで、恐ろしく思った。

瞬太監は恐ろしい話を語り始める。

「あやかしの仕業かと思ったら、大蛇や巨大熊、人喰い虎の仕業だったという事件もありますからね」

まだ自然の脅威はいい。仕方がないとも言える。最悪なのは、人による事件だという。

「人を殺めることに快楽を感じ、次々と殺害を繰り返す、などという話も耳にしたことがあります」

瞬太監はあやかしや野生動物よりも、人のほうが恐ろしいと言う。

「人が恐ろしい、ですか？」

「ええ。人は皆、知能が高く人を殺める方法を知っています。それを実行しないのは、理性があるから。しかし、理性を常に保つという保証はどこにもない。衝動的に殺人を犯す者だっているでしょう」

そう考えたら、人という存在がどうしようもなく恐ろしく思えてしまった。

彼が仙人だからこそ、そう感じたのだろう。

「そんなわけで、人にも警戒を怠らないようにしてくださいね」

「はい……」

ひとまず、竜胆宮の疑惑は解消できた。けれども、妃や女官が姿を消し、喰い残しが発見された。人喰いあやかしは後宮のどこかにいるのだ。

今回の件でわかったのは、怪しい噂話に乗じて、人喰いあやかしが喰い方を変えるということ。

巨大な黒蛇の噂話を聞きつけ、妃や女官を丸呑みしていたのだろう。なんて狡猾なのか。

人喰いあやかしはずる賢く、こちらの行動を高みから見下ろしているような状態なのだろう。警戒は怠らないようにして、次なる調査にあたりたい。

次こそは人喰いあやかしを見つけて退治してやる。絶対にだ。

第四章 ◈ 厳冬——その女、九尾狐の疑いあり

あっという間に、冷たい風が吹く季節に移り変わる。地下は地上よりずっと寒く、ふかふかで温かな毛並みをしたひーちゃんが手放せなくなった。

地下は空気の入れ換えができないので、火鉢を使えない。寒がりな私にとって、試練とも言えるような空間に様変わりしていた。

つい先日、金華猫を首に巻いたら最高に温かいという発見をしたものの、これを彼女は猛烈に嫌がった。滑って落ちそうになるので怖いらしい。

小鈴が「私が巻きついておきましょうか？」と言って肩にのったが、するりと落ちてしまった。毛並みがいい証拠だろう。

月天子は以前よりもずっと、忙しそうに駆け回っている。

四美人がふたりも欠けたので、新たな妃を選別するようにと皇帝陛下から命じられたらしい。果たしてそれは皇太子殿下の仕事なのだろうか？

さらにここ最近は宦官の恰好をしてひとりで出かけ、武官の恰好で戻ってくることも多くなった。さまざまな部署に潜入し、働く者達が汚職に手を染めていないか調査をしているのだとか。

それも皇太子殿下の仕事なのか？　よくわからない。

外では雪が降っている寒い昼下がり。武官の変装姿で帰宅した月天子から、思いがけないお願いをされる。

「紫苑、家系図をお借りしてもよろしいでしょうか？」

「いいけれど、なんに使うの？」

「瞬太監が、紫苑の位をあげたらどうかと提案したようで」

「そうなんだ」

十八佳人から十麗人にあげるのはどうかと、皇后に進言したらしい。

「いや、べつに位をあげなくてもいいんだけれど」

「十麗人に欠員が出ていて補充の見込みがないとのことで、紫苑をという話になったそうです」

十麗人に任命されると、四美人の宮殿の中からひとつ選び、自由に行き来できるようになるようだ。

「調査がしやすくなるというわけ？」

「そうですね」

これから椿宮の冬青妃《そよご》を調べる。宮殿の行き来を許可されるのであれば、これまでよりずっと動きやすくなるという。

十麗人の審査は家柄に加えて、一族の七十二候ノ国への貢献度も問われる。

私の場合は過去の先祖の働きが十麗人となるにふさわしいのではないか、と瞬太監が訴えたそうだ。

事情は理解できた。位をあげることによって活動しやすくなるのならば、大歓迎である。

そんなわけで、家系図は月天子に託された。

あっさりと私の十麗人入りは認可された。ただ、日々の暮らしに変わりはない。隠者屋敷で人喰いあやかしについて調べて回る毎日だ。

次なる調査は——椿宮の冬青妃。

後宮には、次から次へと怪しい人物が浮上するものだ。

久しぶりに女官の恰好をしている月天子が、冬青妃について説明する。

「冬青妃は異国の地から輿入れした娘です。少々、言葉遣いが拙い面がございます」

そんな冬青妃について、噂話が浮上しているらしい。

「夜になると、九本の尻尾が生えるそうです」

「それって、九尾の狐？」

「ええ」

なんと、冬青妃には九尾狐《きゅうびこ》の疑いがあるという。

「九尾狐といえば化けの名手です。人の姿に転じて後宮に紛れ込む、というのはなんら不思議ではないかと」

九尾狐についてはさまざまな伝承が残っている。有名なのは、傾国の美女とも呼ばれた九尾の狐だろう。

ずっとずっと昔、七十二候ノ国にもっとも皇帝から愛されたという皇后がいた。皇帝は皇后ひとりを愛すると宣言。後宮の妃らを解散させる。

皇帝は皇后が望むものすべてを与えた。その結果、国は傾く。

早い段階から、皇后が人ではないと周囲は気づいていた。部下がいくら苦言を呈しても皇帝はまったく言うことを聞かない。

国は日に日に荒廃していき、結果、謀反が起きた。

反乱軍を結成し、指揮したのは皇帝の弟。臣下から見捨てられた皇帝と皇后はあっさり討たれる。こうして、七十二候ノ国は平和を取り戻したのだった——。

ただ、話はこれでめでたしめでたしではなかった。

各地に現れた九尾狐が人々を襲い、血肉を喰らう事件が多発したのである。傾国の皇后の呪いだと人々は噂していた。

「その傾国の皇后の生まれ変わりが、冬青妃だってこと？」

「ええ。信じがたい話ではあるのですが」

冬青妃に九本の尾が生えている姿を、妃や女官が目撃しているという。さらに、廊下に血が落ちていることもあったようだ。時折、肉が腐ったような生臭さを感じる日もあったらしい。

証言した者達は、次々と消息を絶っていた。その後、人喰いあやかしに喰われたという報告もあがっている。

皇族に処刑された過去を恨んで、復讐するために後宮入りしたとなれば、妃や女官を襲う理由がこれまでよりも明確である。

「月天子は冬青妃についてどう思う?」

「冬青妃についての調査は難航しておりました。外出している日も多く、よくわからないとしか言いようがありません」

冬青妃は教育係との意思の疎通がほとんどできず、妃としての礼儀をあまり理解していないという。さらに時折、こつぜんと姿を消すこともあるようだ。

幸い、月天子は異国語の通訳ができる。何度も椿宮に足を運び、冬青妃と交流を重ねて疑惑について探っていくしかないのだろう。

先日、椿宮での受け入れを申請し見事認められた。

そんなわけで今日、冬青妃と面会を果たしたあとは、自由に椿宮を行き来できる。これまで以上に調査がしやすくなるだろう。

「じゃあ、月天子、行こうか」

「はい」

金華猫とひーちゃん、小鈴は留守番だ。動物が好きそうだったら、次回から同行を頼みたい。


馬車でしばらく走ると、後宮の北に位置する椿宮へと辿り着いた。黒い屋根が特徴的な、荘厳な雰囲気の宮殿である。椿宮の名にふさわしく、椿の花がたくさん植えられている。どれも蕾で、花盛りはもう少し寒くなってからか。

椿宮の女官は冬青妃と同じく異国の者だった。言葉が通じず困惑したものの、月天子が通訳してくれたので事なきを得る。

椿宮の内部は、初めて見る刺繡の壁かけや陶器の壺、板金でできた兵士の置物など、異国感がこれでもかと溢れていた。

面会が叶った冬青妃を前に驚く。金のように輝く髪に、宝石の如く澄んだ青い瞳の持ち主だったから。年頃は二十二、三くらいか。上衣の襟や袖には、繊細な刺繡が刺された折りひだが縫いつけられている。服にあのような装飾を施しているのは、初めて見た。きっと、異国の美意識なのだろう。

冬青妃は私を見るなりにっこり微笑んだ。

「ようこそ、わたくし、冬青、妃、デス」

「初めまして、陽紫苑と申します」

「シオン！　あなた、シオン？」

「ええ、はい」

それから、異国の言葉でペラペラと話しかけられる。なにを言っているのかまったくわからず、首を傾げてしまった。

月天子がやってきて、通訳してくれた。

「どうやら冬青妃の兄君の名前が、紫苑と同じようです。親近感を覚えたとおっしゃっています」

「そうだったんだ」

七十二候ノ国の名前は難しく、どれも発音がしにくいらしい。後宮で皇帝から賜った自分の名前ですら、うまく言えないという。

「シオン、トッテモ、言える、やすい！」

冬青妃は天真爛漫という言葉が似合う妃、という印象だった。

彼女が九尾狐で人を嫌い、喰らっているという噂話はにわかに信じがたい。

月天子を通じて、いろんな話をした。

冬青妃はここから遠く離れた異国の地の姫君だ。姉が十七名もいて、父親である国王は嫁ぎ先を探すのに大変苦労したらしい。冬青妃は末っ子で、これまで外交がまったくなかった七十二候ノ国の皇帝との結婚が決まる。

「皇帝の妻、タイヘン！　嫉妬、される。嫌われる！　お役目も、タクサン！」

巨大国家の正妃ともなれば、立派に務めを果たさなければならない。異国の地で果たせるわけがないと、冬青妃は絶望していた。

けれども七十二候ノ国にやってきて気づく。自分はその他大勢の妃であったと。

通訳が不完全で、冬青妃が正妃でないと伝わっていなかった。

しかし、冬青妃は自分のことを幸運だと思った。

冬青妃は両手を挙げて喜び、皇后という存在に心から感謝するだけでなく、尊敬の意を抱いていた。

私の訪問も大歓迎しているようで、これまでになく友好的な態度の妃であった。土産として持参した薬酒も、笑顔で受け取ってくれた。

「お酒、好き！　ウレシイ！」

さっそく、飲んでみたいと言ってくれる。一応、飲みすぎてはいけないので、薬酒について説明しておいた。

「こちらは普通の酒とは異なる、薬酒と呼ばれるものです。言葉のとおり、薬も同然の酒なので、くれぐれも飲みすぎないようご注意ください」

冬青妃は月天子の通訳を、こくこくと頷きながら聞いていた。

「ちなみにこちらは月桂樹酒でして、風邪の予防にいいとされています」

ここから先の説明は、冬青妃について調査していた月天子の受け売りである。

「月桂樹酒というのは、冬青妃の国ではローリエと呼ばれておりまして、料理によく使われているそうです」

聞き慣れた言葉を耳にしたからか、冬青妃の表情がパッと明るくなった。

「こちらの薬酒は異国風の煮込み料理にも使えるようですので、よろしかったらぜひ」

通訳を聞き終えた冬青妃は、嬉しそうに「アリガト！」と言って頭をさげる。

そして酒杯に注がれた月桂樹酒を、薄めずに飲み干した。二杯ほど続けて飲んだが、顔色に変化はない。どうやら、冬青妃は酒に強いようだ。

「うん、オイシ！」

「お口に合ったようでなによりです」

それから、月天子の通訳を挟んでいろいろ話す。終始、気さくなお妃様という印象だった。最後に、動物についての質問を投げかける。

「私、猫と犬と狸を飼っているんです。冬青妃は、お好きですか？」

月天子の通訳を耳にする中で、動物という言葉を聞いた瞬間だったのか、瞳がキラキラ輝いた。

「どうぶつ、好き、トッテモ!!」

幼少期より、さまざまな動物を飼育していたらしい。

「キリン、カンガルー、ハリネズミ、あと、アルパカ！」

初めて聞く動物ばかりであった。

逆に、狸は冬青妃の故郷に生息していないという。

「たぬき、ドンナの？」

「茶色くて、尻尾が丸くて、可愛い生き物です」

「たぬき、フワフワ？」

「ええ、ふわふわです」

「ソウなんだ。気になるー！」

七十二候ノ国独自の動物についても、興味があるらしい。後宮で大型生物の飼育は禁じられているが、狸くらいだったら大丈夫だろう。

「ただ、狸は非常に警戒心が強く、臆病なので人前にはめったに現れないそうです」

「ソッカー」

残念そうにしていたので、今度連れてくる約束をした。

これから湯浴みの時間だと聞き、お暇させていただく。

最後に冬青妃は私の手を握って、「また、お喋り、シヨ」と言う。両手を振って、見送りまでしてくれた。


馬車に乗り込み、月天子と意見を言い合う。

「いや、なんていうか、皇族を憎む九尾狐とは思えないのだけれど」

「同感です」

冬青妃は皇后だけでなく、皇帝陛下にもいい印象を抱いているようだった。

「ただ、だからと言って安心はできません」

「どうして?」

「残念ながら、狐憑きの可能性があります」

狐憑き——それは人に狐が取り憑き、支配してしまう恐ろしい状態のこと。

常に取り憑いているわけではなく、夜になるとか、肉を口にするとか、なんらかの条件をきっかけに行動を支配される。つまり先ほど話した冬青妃に、すでに九尾狐が取り憑いている可能性があるというわけだ。

「我が国でも、過去に後宮の妃が狐憑きになったという報告があがっています」

「実際にあったんだ」

一応、後宮内には悪意を持って近づく者を遮断する結界が張られている。けれども、高位のあやかしに対しては効果を発揮しない可能性がある。その辺に関しては、道士が調査を進めているそうだ。

「夜、冬青妃の様子を調査したのですが――」

夜はぐっすり眠っており、これまでの妃のように、夜間におかしな行動を取っていることはない。

ここ最近、バタバタと忙しそうにしていたが、月天子は冬青妃の調査も同時進行で行っていたようだ。

「言ってくれたら、私も協力したのに」

「これ以上、紫苑の負担を増やしてはいけないと思いまして」

「負担だなんて思っていないから。それよりも、月天子が疲れているのが心配だったよ」

片方が疲れるよりも、ふたり一緒に疲れたほうがいい。そう訴えると、月天子は少しだけ泣きそうな表情を浮かべた。

「次からは一緒に行こう。もちろん、足手まといになるのならば、留守番しているけれど」

「いえ、紫苑を足手まといだと感じたことは、一度たりともありません。そのようにおっしゃっていただき、嬉しく思います」

私を気遣うがゆえの行動だったようだ。これからは一緒に連れていってくれるというので、ホッと胸を撫で下ろす。

「でも、九尾狐を見たというのは？」

「詳しい話については判明しておりません。なんせ、目撃した者は揃って目撃情報を同僚などに訴えたあと、人喰いあやかしに襲われ、亡くなっていますから」

目撃した時期はバラバラ。被害者の妃や女官が殺害されたのは、深夜から明け方にかけてだという。その時間帯、冬青妃は毎晩のようにスヤスヤと眠っている。

「昼間に椿宮から抜け出す時間帯に、九尾狐に体を乗っ取られているとか？」

「そうとしか考えられませんね」

その辺の話も、月天子は椿宮の女官から話を聞き出していた。

「ならば、外出する冬青妃のあとを追跡して、犯行現場を押さえるしかないってことか」

「ええ」

ただこれも、月天子が数日張り込んでいたようだが、冬青妃が椿宮の外へ出かける様子は見られなかったという。

「冬青妃が女官や宦官に変装して、出入りしていた可能性も考えられると思い、ひとりひとり調査しましたが、冬青妃らしい者はひとりもおらず、調査は失敗に終わったのです」

「だったら、冬青妃はどうやって椿宮を抜け出しているのか……？」

出入りしている商人の荷物に紛れて移動しているのではないか、という疑惑を晴らすために調べたが、これも問題なしという結果に終わったのだとか。

「あとは、冬青妃に直接探りを入れるしかないようですが、果たして尻尾を見せてくれるものか」

「うーん」

夜は熟睡していて、九尾狐に取り憑かれている様子はない。変装して外出しているわけでもなく、荷物に紛れているわけでもなく……。ただ、時折九本の尻尾がある様子を、妃や女官が目撃している。

「月天子、一度、瞬太監に相談してみたほうがいいのかもしれない」

「そうですね」


椿宮へ行った翌日――瞬太監の宮殿に足を運んで、冬青妃について相談を持ちかけてみた。瞬太監は相変わらずとしか言いようがない太陽のような美貌を、私達の前に惜しげもなく晒す。事情を話す間、眩しくて顔を逸らしていた。

「なるほど。冬青妃は不可解としか言えない行動を取っていると」

これまでのように、薬酒や薬膳料理で解決できるとは思えなかった。なにかいい打開案があればいいのだが。

「九尾狐の疑いがあるとおっしゃっていましたね。ならば、いい方法があります」

まずはひとつ目、と続く言葉に驚愕する。

複数の案があるらしい。

「かつて傾国の皇后と呼ばれていた九尾狐は、とにかく金銀財宝に目がなかったそうです。冬青妃に贈り物を持っていき、もしも目の色が変わったらかなり怪しいと言えるでしょう」

冬青妃が傾国の皇后と呼ばれた九尾狐の生まれ変わりであるという前提で、反応を探るようだ。

「次に、肉です」

「肉、ですか」

なんでも、狐のあやかしはとにかく肉が大好き。かつて、七十二候ノ国の妃に取り憑いた化け狐は十人前の肉をペロリと完食したという。

「大量の肉料理を前にどのような行動をとるのか。これも、彼女が九尾狐か確認するために、有効な作戦と言えるでしょう」

三つ目の作戦が瞬太監によって説明される。

「最後に、犬を連れていってください」

「それはどうして？」

「九尾狐の天敵は、犬なのです」

というのも、謂われがあるのだという。

かつて、さまざまなものに化けて国をも傾けてきた九尾狐だったが、唯一騙されない存在がいた。それが犬だった。

犬の鼻は九尾の狐があやかしであると嗅ぎ取り、激しく鳴くのだとか。傾国の皇后の正体を見破ったのも、後宮で飼育されていた赤犬だった。普段は大人しく、鳴いた声を聞いた者はいない。そんな犬が、傾国の皇后の前でギャンギャン鳴き声をあげたのだ。

不審に思った女官が宦官に報告。それがきっかけで、傾国の皇后は追い詰められた。

「化け狐と犬の因縁はそれだけではなく、過去に何度も報告されていたそうです。そのため、化け狐は犬を見ただけで、恐れおののくそうですよ」

以上が瞬太監の提案する、冬青妃が九尾狐かどうか確認する術《すべ》である。

なんというか、さすが瞬太監だ。豊富な知識で、さまざまな面からの作戦を考えてくれた。さっそく実行したい。

「瞬太監、ありがとうございました」

「いえいえ。なにかわからないことや、不安に思うことがありましたら、いつでもいらしてください」

「はい！」

たしかな手応えを胸に、隠者屋敷へ戻る。

瞬太監の作戦を実行したら、きっと冬青妃の尻尾を摑めるだろう。

月天子に頑張ろうと声をかけようとしたら、ションボリしていたのでギョッとする。

「え、どうしたの？」

「なんだか、自分で自分が情けなくなりまして……」

彼のどこが情けないというのか。首を最大限にまで傾げてしまう。

「自分の知識と経験を活かし、今回の調査にあたったつもりでした。しかしながら瞬太監の話を聞いていると、わたくしのやっていたことは見当ちがいだったと気づいてしまったのです」

「いや、そんなことないよ」

月天子が行っていた調査は、たぶん基本中の基本だ。それをやって尚、証拠が見つけられなかったので、瞬太監は今回の作戦を提示したのだろう。

そう訴えても、月天子の表情は晴れないまま。

「九尾狐について、瞬太監の知識と対応力に比べて劣っていたように思えて……。過去の狐憑きの事件については把握していたにもかかわらず、勉強不足でした」

「月天子……」

膝の上にある手は、指が真っ白になるくらい握りしめられていた。よほど、自分を情けなく思っているのだろう。

「なんて言ったらいいのかわからないけれど、瞬太監は百年以上生きている仙人宦官で、月天子よりも経験豊富なのは当たり前だと思う」

たった二十四年しか生きていない月天子が、同じような考えや行動ができるわけがないのだ。

「まあ、月天子も百年以上生きたら瞬太監のようになれるかもしれないし、なれないかもしれないし。今、できないことがたくさんあるのは、当たり前なんだよ。だから、気にすることはない。私は十分、今の月天子はすごいと感じているし、瞬太監よりもずっとずっと信頼も尊敬もしているから。比べることはよくないけれどね」

「紫苑……」

私の言葉が届いたのか、月天子は淡い微笑みを見せてくれた。たぶん、もう彼は大丈夫だろう。

その後、月天子は用事があると言って出かけていった。夕方には戻るらしい。

彼を待つ間、皆を招集する。金華猫はそっぽを向き、ひーちゃんと小鈴は小首を傾げていた。

「そんなわけで、冬青妃が九尾狐か調べるために、みんなの協力が必要なの！」

ひーちゃんと小鈴はこっくりと頷く。金華猫は低い声で捲し立てた。

「どうせ、お酒や食べ物で釣って一生のお願い！と言うんでしょう？」

「よくおわかりで」

「わかったわよ。やってやろうじゃない！　ごちそうの用意、忘れないでよね！」

「金華猫、ありがとう！　ひーちゃんや小鈴も！」

ひとまず金華猫と小鈴に、街にある高級料理店でありったけの肉料理を注文してくるように頼んだ。明後日、冬青妃と会う約束を取りつけたので、その日までに作ってもらう必要がある。

急な注文だが、後宮からだと言えばなんとか間に合わせてくれるという。

「行きがけにおいしいものを食べてきてもいいからね」

「あら、ありがとう。紫苑にしては、気が利くじゃない」

「金華猫にはいつもお世話になっているからね」

多めにお金を渡し、金華猫と小鈴を見送った。

部屋に戻ってくると、ひーちゃんが首を傾げていた。

「ひーちゃん、どうかしたの？」

「なんだか、おもいだせなくて」

「思い出せない？」

「そーなの」

なんでも、その昔、ひーちゃんは化け狐に遭ったことがあるような、ないような、曖昧な記憶が残っているらしい。

「そういえば、金華猫も記憶と力を封じられているって言っていたけれど、ひーちゃんもなんだ」

「たぶん」

金華猫の眷属であるひーちゃんは百年以上生きているものの、はっきりとした年齢は不明。初代の飼い主についても、ほとんど記憶がないという。

「とっても、やさしかった。それだけしか、おぼえていないの」

「そう」

珍しく落ち込んだような態度を見せるひーちゃんを、よしよしと撫でる。

「いまは、しおん、がってんし、みんながいるから、ひーちゃんは、さみしくないよ」

「そうだね」

この生活はずっと続くわけではない。いつか、月天子と別れる日が訪れるだろう。だから、彼と過ごす日々を大事にしたい。

なんだかしんみりしてしまった。気分転換にひーちゃんと散歩に出かける。

といっても、好き勝手どこでも散歩できるわけではない。馬車で移動した先にある、月天子に与えられた庭でのみ自由に歩けるのだ。

後宮に続く開けた道から馬車に乗り込もうとしたところ、突然御者のおじさんが片膝を突いて頭を垂れる。こちらに向かってくる赤い旗を持った武官が先導する馬車には、おそらく皇帝陛下が乗っているのだろう。私も慌てて膝を突いた。ひーちゃんも空気を読んだのか、伏せの体勢を取る。

皇帝の馬車はそのまま通り過ぎていった。ホッと胸を撫で下ろす。

しかし、こんな昼間から皇帝陛下が後宮の近くを行き来しているのはかなり珍しいのではないか。疑問に思っていたら、御者のおじさんが事情を教えてくれた。

「今日は後宮で開催される、獣狩りの日なんです」

「獣狩り、というのは？」

「後宮の敷地内には、狩猟場があるのですが、そこで陛下と親しい者達が動物を狩られるのです」

「へー」

敷地内には狐に鹿、猪、水鳥など、さまざまな動物が飼育されているらしい。

獣狩りは妃達も絡んだ催しだという。

「もしかして、お妃様達も狩りに参加するとか？」

「いいえ、妃の参加は認められておりません」

「じゃあ、どう絡んでいるの？」

御者のおじさんは、獣狩りについての詳細を語る。

「皇帝陛下が狩る動物を予想するのです。見事的中した妃には、お渡りがあるようで」

「そうなんだ。斬新な催しだね」

「ですね」

ふと気づく。私には、獣狩りについての知らせはなかった。月天子が受け取ってそのまま破棄したのかもしれない。私は建前上の妃だし。

「そういえば、月天子はもしかして後宮の獣狩りに行ったの？」

「ええ、そうですよ」

ならば、今後宮に行ったら皇太子の恰好をした月天子に会えるかもしれない。だが、なにか情報収集や調査を兼ねている可能性があった。邪魔してはいけないだろう。ぐっと我慢する。

知らせがなかった件に関しては複雑なものの、もしも参加してうっかり大正解、皇帝陛下のお渡りなんぞあった日には大事《おおごと》だ。知らなくてよかったのかもしれない。

「紫苑妃、行き先はいかがなさいますか？」

「予定どおり、月天子の庭へ」

「承知しました」

隠者屋敷からさほど離れていない場所に、月天子の庭がある。そこは彼と許された者のみが入場を許可されているのだ。ひーちゃんは私と散歩をするときは毎回ここにやってくる。それ以外の女官と一緒に行く日は、誰もが出入りを許可されている皇帝陛下の庭で散歩を楽しんでいるようだ。

月天子の庭は迷路のようになっていて、四季折々の花々が美しく咲き誇っている。今の季節は柊の白い花がチラホラ咲いていた。控えめで可憐な花だ。もう少し先を進むと、紅色の木瓜《ぼけ》が花開いている。これは寒咲きだと、以前月天子が教えてくれた。なんでも、木瓜には寒咲きと春咲きの二種類があるらしい。

もっとも見頃なのは山茶花《さざんか》。赤い花びらで真ん中は黄色く、椿に似ている。竜胆や菊は終わりかけか。少し寂しげな雰囲気をまとっているように思えた。

「おはな、きれいねー」

「だねー」

ここは躑躅《つつじ》や芝桜を美しく見せるように、傾斜が作られている。そのため、歩き回るだけでも膝ががくがくと笑い、軽い登山をしたような気になるのだ。

一周ぐるりと歩いた頃には、なにか大きなことをやり遂げたという達成感を胸に帰宅した。

隠者屋敷に戻ると、金華猫と小鈴が帰ってきていた。無事、肉料理を注文し、満足するまで飲み食いしてきたという。

金華猫の毛並みが、いつもよりいいように見えたのは気のせいではないだろう。小鈴もなんだか丸々しているように思えた。きっと、金華猫に料理を勧められていろいろ食べたにちがいない。

ふたりの話を聞き終えると、月天子が帰ってきた。少し早い帰宅である。

「ただいま戻りました」

「おかえりなさい」

珍しく、ぐったりしているように見えた。

以前瞬太監に教えてもらった疲労回復効果のあるシソを煎じて作っておいた茶を、月天子のために淹れる。

「どうぞ、粗茶ですが」

「ありがとうございます」

シソ茶を飲んだ月天子の顔の色つやがぐっとよくなる。そういえば、シソには血行を促進する働きもあったような。まさに、今の月天子にうってつけな一杯だったのだろう。

「今日、実は後宮の催しである獣狩りの日だったんです」

なんと、冬青妃が予想を見事的中させたらしい。今晩、彼女の椿宮を皇帝陛下が訪問するのだろう。

獣狩りについて伝えていなくて申し訳なかったと、月天子は頭をさげる。

「あ、いや、獣狩りについては、さっき御者のおじさんから聞いたから」

「知っていたのですね」

「皇帝陛下の馬車とすれちがったんだよね。その流れで、さらーっと話を耳にしただけ」

月天子は目を伏せ、憂いの表情で謝罪した。

「そういうわけでしたか。本当に、申し訳ありませんでした」

「いやいや、大丈夫。謝らないで」

「しかし、他人から妃が絡む催しについて耳にするというのは、気分が悪かったでしょう」

なにも思わなかったわけではないが、参加したいという気持ちはなかった。頭をあげるようにと言葉を返す。

「いや、仮に参加したとして、私、変なところで運がいいから、皇帝陛下の狩りの結果を当ててしまいそうで」

「当たったら、困りますか？」

「だって、皇帝陛下のお渡りがあるんでしょう？　私はお飾りお妃だし、困るよ」

「そうでしたか。よかったです」

月天子は明るく微笑む。これまでまとっていた暗い空気は、一瞬にしてぱーっと華やかになった。

「もしかして、私が参加したかったのではないかって、気にしていたとか？」

「ええ。紫苑は、こういうお祭り騒ぎが好きそうに思えて」

「どちらかと言えば好きだけれど、今回のはちょっと趣旨がね。妃も狩りに参加できたらよかったんだけれど」

狩猟と聞いたら、故郷での暮らしを思い出してしまう。主に罠猟だったけれど獣を狩り、肉を得ていたのだ。

「へえ、紫苑は狩猟のたしなみがあったのですね」

「少しだけね。目がいいから、遠くにいる兎を仕留めるのが得意だったんだ」

もしも妃が狩猟の腕を競うだけの催しだったら、私も参加したかった。もちろん、そのあとの皇帝のお渡りはなしという方向で。

「だったら、わたくしが皇帝になったときには、妃も狩りに参加できるようにしますね」

「やったー！　楽しみにしている」

「期待していてください」

無邪気に喜んでいたが、ふと我に返る。

月天子が皇帝ならば、獣狩りに参加する場合、私は彼の妃でなければならない。ありえない未来だろう。それとも、後宮の妃は新たな皇帝が即位しても入れ替えないものなのか。

質問を投げかけてみる。

「あの、後宮の妃って、次の皇帝に引き継ぐものなの？」

「まさか。皇帝の崩御と同時に、解体されます」

七十二候ノ国の歴史の中には殉葬《じゅんそう》――亡くなった皇帝と一緒に妃らを生き埋めにして葬るという、残酷なことを強制する時代もあったらしい。今はただ、後宮の妃達は解散になるだけのようだ。

「わたくしが皇帝になった暁には、後宮制度は廃止します」

「ってことは、お妃様はひとりだけってこと？」

「そうですね」

後宮は未来の官吏を育てる学校にしたいらしい。

たくさんの妃を侍らせる月天子を想像して嫌な気持ちになるのに、たったひとりの妃しか迎えないという月天子の話を聞いて未来の皇后を羨ましく思ってしまう。

なぜ？　考えるまでもなかった。どうして今まで気づいていなかったのか。どくん、どくんと胸がこれまでになく高鳴っている。

たぶん……ではない。私は確実に月天子が好きなのだ。

最初は美少女にしか見えなくて、理解が追いつくのに時間がかかった。

けれども、月天子は見た目どおりの儚い美少女ではなかった。あんがい力持ちだったり、低い声は男だったり、筋肉質だったり、宦官の姿に変装すると男にしか見えなかったり。

雲の上の存在だと思っていた皇太子殿下だったが、私と同じように悩んだり、怒ったり、困ったり、笑ったり――そういう一面を知れば知るほど、彼に惹かれていったのかもしれない。それにしても、初恋が皇太子殿下なんて不幸としか言いようがないだろう。

まあ、村の女性陣も話していた。初恋なんて絶対に成就しないものだと。まさに、そのとおりになってしまった。

「紫苑、ぼーっとして、どうかしたのですか？」

「あ、いや、なんでもない！」

月天子の顔をこれまでのように見られず、顔を背けてしまった。その行動が、月天子に違和感を与えたようだ。

「なんでもないようには見えないのですが」

「本当に大丈夫だから」

それ以上追及せず、月天子は引きさがった。部屋から出ていったかと思いきや、すぐに戻ってくる。

「紫苑、悩み事があるときは甘い物を食べるに限ります。どうぞ、召しあがってください」

目の前に差し出されたのは、蒸しまんじゅうだった。なんでも、獣狩りが終わったあと、街に調査へ行ったときに買ったらしい。

「夕食前だったので、あとで渡そうと思っていたのですが」

「あ、ありがとう。元気になった」

「食べないと元気にならないのですが」

なんと言えばいいのかわからないが、月天子の心遣いに感激したのだ。

「本当に、嬉しくって元気になったから」

「だったらよかったです」

彼に心配をかけてはいけない。これまでどおり、月天子にとっていい相棒でいなければ。

恋心は心の中にある壺に詰め込んで、封印の札を貼っておいた。

これでいい。きっと、これから先もうまくやっていけるだろう。

椿宮を訪問する当日を迎え、隠者屋敷には大量の肉料理が運ばれてきた。重箱の数は十以上あり、その物量に圧倒された。

「金華猫、これ、本当に十人前？」

「ふたつはワタシの分よ」

「そ、そうでしたか」

金華猫の分があるにしても、十人分以上ありそうだ。

「これだけあったら、真なる肉好きは大喜びするでしょう？」

「まあ、そうかもしれないね」

準備が整ったので、冬青妃が待つ椿宮へ出発した。

今回は犬に見えるように幻術をかけたひーちゃんと、女官に化けた金華猫、小鈴、月天子——は変化の術ではなく変装か。ともかく、四人と一匹で出かける。

大量の肉料理を前にした冬青妃は、とてつもなく喜んだ。

「わー、スゴイ！　お肉、料理、タクサン!!」

瞳をキラキラ輝かせながら、重箱の中身を覗き込んでいる。

「お肉、ダイスキ！　でも、ここの人達、あんまりお肉、たべない。お肉料理、ほとんど、ナイ……」

食べないと言うよりは、妃のために作られる肉料理を制限しているのだろう。村の女性陣も言っていた。肉をたくさん食べると肌が油っぽくなるし太ってしまう、と。冬青妃の美容と妃としてのお勤めを考え、野菜中心の食生活になっていたのかもしれない。

「嬉しい！　アリガト！」

「喜んでいただけて、なによりです」

椿宮の菜食主義により、肉が好きなのか、肉を食べる機会が少なくて喜んでいるのかわからないという結果に終わった。

ただ、大量の肉を前にした反応を見るだけではない。食べる量も、九尾狐かどうか判断する材料となる。

「すべて冬青妃の肉料理ですので、よろしかったら全部召しあがってください」

「アリガトー！」

さっそく、冬青妃は肉料理を食べ始める。まず、拳大の揚げ鶏をひと口で飲み込む。あの小さな口のどこに入っていったのか。謎が深まる。

「オ、オイシー！」

重箱に四つ詰めていた揚げ鶏は、ふわふわした綿飴を食べるかの如く一瞬にして食べ尽くされてしまった。

月天子を振り返る。まさかの健啖家っぷりに、目を丸くしていた。

続く豚の角煮も、大きな塊をするする食べていく。肉と一緒に献上した明日葉の薬酒も、おいしそうにぐーっと飲み干す。それから、あんかけ肉団子に、ネギだれをかけた蒸し鶏、鶏手羽の酢煮込み、焼き豚と、瞬く間に重箱の中身を空にしていった。

軽く三人前は食べただろうか。お腹を摩りながら「お腹イッパイ」と満足げに呟いている。

過去にあった狐憑きの事例では十人前を平らげたとあった。けれども、冬青妃はその量には至らない。驚くべき食欲で、女性が食べるにしてはかなり多い。だが、九尾狐が平らげる量としてはどうなのか。微妙なところだろう。

食欲観察作戦は諦めて、次なる作戦に出た。

「冬青妃、実は私の実家が宝飾品を扱う商売をしておりまして、友情の証にこちらを受け取っていただけないかなと」

冬青妃の前に差し出したのは、蛇紋岩と呼ばれる石が塡め込まれた銀の髪飾りである。そこまで高価な宝石ではないようだが、魔除けの力があると言われているため、高貴な女性達の間で人気を博しているのだという。

彼女が九尾狐ならば、魔除けの力が作用してしまうので触れられないはずだ。

冬青妃はどう出るのか。ドキドキしながら見守る。

「ブドウみたいな石！　きれいネ」

そう言って冬青妃は手巾を取り出し、それで包み込むようにして髪飾りに触れた。髪に軽く当てつつ、にっこり微笑んだ。

「嬉しい！　アリガト」

「い、いえ」

これも微妙な反応だ。彼女が九尾狐で触れたくないから布越しに持った可能性があるし、指紋が付かないように触れた可能性もある。

月天子を振り返ると、目を伏せて首を左右に振っていた。求めていた反応は得られなかったようだ。

最後に、ひーちゃんを冬青妃に見せる作戦である。

もしも彼女が九尾狐であれば、ひーちゃんを怖がるはずだ。

「冬青妃、今日は私の犬を連れてきているんです。今から、お見せしてもよろしいでしょうか?」

「うん、イイヨ! 犬、大好き!」

犬が大好き……? なんだか作戦の失敗を予感させる言葉だ。まあ、いい。とにかくひーちゃんを見せて、反応を引き出そう。

ひーちゃんは廊下で小鈴と待機していた。

パンパンと手を叩くと、中へと入ってくる。

冬青妃は想像もしなかった反応を示した。

「きゃ――――――!!」

悲鳴をあげて、逃げていったのだ。この反応はいったい……?

「ねえ、月天子!」

「ちょっと待ってください。少々、様子がおかしかったので」

「様子がおかしい?」

月天子は小鈴に、ひーちゃんを廊下にさげるように命じる。それと同時に冬青妃が戻ってきた。

「珍しい犬みたいな生き物!! 見た目は犬だけれど、気配、ちがう!! 絶対に仕留める!!」

そう叫び、長い筒のようなものをひーちゃんがいた方向に向けた。

「冬青妃！　な、なにを!?」

ひーちゃんは普通の犬に見える幻術をかけているはずなのに。まさか、女の勘とか？

そんなバカな！

「紫苑、さがってください!!　あれは、猟銃です!!」

「りょうじゅう？」

「動物を仕留める、殺傷能力が高い武器です」

なんてものをひーちゃんに向けるのか。筒の先端を掴んで、叫んでしまった。

「やめて!!」

月天子が「紫苑、危ない！」と言うのと、ドン！という耳をつんざくような音が聞こえたのは同時だった。

長い筒から放たれた弾は、天井を貫いた。パラパラと、砂が落ちてくる。

弾が発射される寸前、私は月天子の低く鋭い声に驚いて筒から手を離し、尻餅をついたのだ。おかげで無傷である。

金華猫が素早く冬青妃に近づき、筒状の武器を取りあげた。月天子は私のもとへ駆け寄り、そっと肩を抱く。

「冬青妃、紫苑になにをするのですか!?」

「あ……ご、ゴメンナサイ……。お、驚いて、ウッカリ、発射、シマシタ」

冬青妃はひーちゃんに狙いをつけて撃つつもりだったのだろう。私が飛び出していなかったら、今頃ひーちゃんはどうなっていたのか。

月天子は責めるような口調で追及する。

「冬青妃、質問があります。先日行われた獣狩りで狩猟場に男装姿でいたのは、あなたですね？」

「そ、それは……」

冬青妃は明後日の方向を向くも、月天子の追及から逃れられるわけがなかった。

「わたくしははっきりと、あなたの青い瞳を見ました」

「ゴ、ゴメンナサイ」

「謝罪を求めているのではなく、事実かどうか聞いているのです」

七十二候ノ国の言葉では通じないと思ったのか、月天子は冬青妃の故郷の言葉で追及を始めた。冬青妃はだんだんと涙目になり、ついには泣き始めてしまう。駆け寄って抱きしめたくなったものの、月天子にがっしりと腰を抱かれていたので身動きが取れなかった。

月天子がいくつか質問し、冬青妃が震える声で答える。最終的に、月天子はため息をついた。

「小鈴さん、奥の部屋にある、箪笥の中身を全部持ってきていただけますか？」

「は、はい」

がさごそと、なにかを探る音が聞こえる。

小鈴が両手に抱えて持ってきたのは――大量にある狐の尾。それを、冬青妃の前に一本一本並べていくと、全部で九本あった。

奇しくも、金色の狐の毛並みは冬青妃の髪色とそっくりだった。

「こ、これは――」

そこに冬青妃が背を向けると、九本の尾が生えたように見える。

これが、九尾狐の正体だったのだ。

なんでも、冬青妃は狩猟を趣味としていた。筒状の武器――猟銃は祖国から持ち出したものなのだとか。彼女は床下を通ってこっそり宮殿を抜け出し、皇帝の狩猟場で狩りを楽しんでいたらしい。目撃された血や生臭さは、狐の死骸から出たものだったようだ。

冬青妃の肉好きは狩猟好きなところと繋がっているという。かつては鹿を仕留めて解体し、料理まですべて自分でしていた。そして大変な大食らいで、肉だったら三人前以上は食べられるそうだ。

彼女自身があやかしにまちがえられるのもなんら不思議ではない、規格外の姫君だったというわけだ。

「ごめいわくを、おかけ、シマシタ」

なんだか気の毒に思ってしまう。ただ狩猟が趣味というだけで、九尾狐の疑いがかかっていたなんて。

しかしまあ、黙って出かけるのもよくなかっただろう。ひと言だけでも皇帝陛下に願ったら、もしかしたら狩猟に連れていってもらえた可能性があるのに。

ちなみに、先日の獣狩りは皇帝陛下がなにを狩ったのか確認したうえで、回答していたずるをしていたわけである。

その辺も、深く反省しているようだった。

「可哀想だと思うかもしれませんが、しばらく反省は必要です」

「そ、そうかも」

しばらくして、宦官の兵士がやってくる。冬青妃は詳しい話を聞くために連れていかれてしまった。

私と月天子だけが取り残され、ぼんやりしているところに肩を叩かれた。

「紫苑、大丈夫ですか？」

「あ、うん。大丈夫」

「驚きましたね」

月天子の言葉に、深々と頷く。九尾狐の謎が、ついに明かされたのだ。

「まさか、狐の尻尾を並べて見ていた様子を九尾狐と勘ちがいしたなんて」

「ええ」

その騒ぎに乗じて、人喰いあやかしが暗躍していたというわけである。

「四美人は全員、人喰いあやかしではありませんでした」

「ほかにいるってこと？」

「おそらく」

あと何人、こうやって怪しい人物を調べたらいいのか。残りの妃の人数を聞いて、若干やる気が行方不明になってしまう。

「紫苑、大丈夫です。だいぶ、人喰いあやかしを追い詰めているような状況ですから」

「本当に？」

「ええ」

月天子は嘘を言わない。信じてもいいのだろう。

次こそは人喰いあやかしを退治してやる。月天子の前で宣言したのだった。

第五章　雪月花——その女、後宮をかき乱す
人喰いあやかしの疑いあり

すっかり冬となり、帝都も冬景色になる。相変わらず、地下にある隠者屋敷は信じがたいほど寒い。

私は人喰いあやかしを退治するため、月天子と調査をする毎日を過ごしていた。

そんな日々に大きな変化が訪れる。

皇后陛下からの呼び出しを受け、思いも寄らない決定を耳にした。

「陽紫苑、あなたを四美人のひとりとして指名するわ」

「へ!?」

私の間抜けな声が、皇后の部屋に響き渡る。

「私を四美人に、と聞こえたのですが?」

「そう言ったわ」

皇后は眉間に皺を寄せながら、事情を語り始める。

「先日、皇帝陛下がおっしゃったの。四美人が長きにわたって欠けるというのは由々しき問題だ、と。後宮にいる妃の中で四美人になれるような家柄の娘は紫苑妃、あなたしかいなかったのよ」

「う、嘘、ですよね……!?」

「本当よ」

ちなみに前回騒ぎを起こした冬青妃は、謹慎処分のみだった。降格はなしで、今も椿宮で大人しくしているという。そんなわけで現在の四美人は春蘭妃、冬青妃だけである。ふたりも欠けている状態だった。

「九旺も、あなたが新たな四美人に適任だと言うものだから」

皇后陛下の背後に控える瞬太監は笑みを浮かべながら頷き、熱く語り始める。

「悪しき邪龍を倒し、七十二候ノ国を救った英雄の血を引く紫苑妃ほど、四美人にふさわしい女性はおりません！　皇后陛下も、そう思われますよね？」

「まあ、そうね」

皇后陛下と瞬太監の後押しがあれば、断ることなど許されないのだろう。家系図なんか渡さなければよかったと心底後悔する。

「謹んで、お受けいたします」

「よろしくね」

ちなみに、皇帝陛下のお渡りは今までどおり免除されるという。その件に関しては心から安堵した。

「あと、紫苑妃。申し訳ないのだけれど、月天子はしばらく調査に協力できないわ」

「それは、どうしてですか？」

「冬の鎮魂祭があるからよ。珍しく、あの子から指揮を務めたいと言ってきたの」

「そうだったのですね」

毎年皇后が頼んでも断っていたのに、今年はあっさり引き受けたようだ。

冬の鎮魂祭というのは、流行病で亡くなった者達を悼むものだという。ふいに両親を思い出してしまい、胸がぎゅっと痛む。

「今年は、多くの者達から寄付を募っているみたい。薬を買えない人達への支援金にするそうよ」

ああ、なんてことだ。こみあげた感情が、涙として溢れそうになる。きっと月天子は、私の両親が薬を買えずに亡くなった話を聞いて、支援活動に出てくれたのだろう。

あのような悲しい出来事は、二度と起きてほしくない。私と同じような思いをする者がひとりでも減ることを願っている。

「皇后陛下、あの、私も――」

月天子から受け取った前金はすべて、支援金へと回してもらう。

帝都へやってきてから、時に私の心を支えてくれた前金だったが、もう必要ない。今の私は、金よりも大事なものを知っているから。

金が必要であれば故郷に戻って、またあくせく働いたらいいだけのこと。

「紫苑妃、慈悲の心に感謝するわ」

そう言った皇后陛下に深々と頭をさげ、隠者屋敷に帰った。


とんでもない事態になった――。

かつて秋霖妃が使っていた竜胆宮を前に、ひしひし痛感する。

背後には女官に化けた金華猫と小鈴がいた。犬に見えるよう幻術をかけているひーちゃんは、小鈴が散歩紐を握っている。

冬の鎮魂祭で忙しいという月天子とは、もう十日以上会っていない。この忙しさは一か月以上続くらしい。会えるのはいつになることやら、という感じである。

人喰いあやかしの調査については、難航しているとしか言いようがなかった。

四美人の疑惑が晴れた途端、妃や女官が襲われるという事件がぱったり止まったのだ。怪しい動きをする妃や女官もほかにいないため、調査のしようがない。

月天子はひとまず、様子見だと言っていた。ただ、なにもせずに後宮でだらだら過ごすのは性に合わない。

相棒がいないというのも、なんとも心もとない気持ちがこみあげてくる。

これからどうしようか……。竜胆宮を眺めながら考え事をしていたら、金華猫から怒られてしまった。

「ちょっと紫苑！　ぼんやりしてないで、さっさと中に入りなさい」

「うっ、はい」

秋霖妃がいたときの女官や妃は全員退去した。竜胆宮は巨大な黒蛇が地下で生活していた場所である。皆気味悪がって、このまま暮らせないと訴えたらしい。気持ちは大いにわかる。

竜胆宮の全体を殺菌、消毒したようだが、巨大な黒蛇が棲んでいたという事実はどうあがいても消えないのだ。

そんなわけで、竜胆宮には新たな女官と妃が招集された。巨大な黒蛇が棲んでいたという情報に負けない、強い女性陣が集まったようだ。

私を迎える妃と女官は、ギラギラとした目で私を見つめている。仲良く……なれる気がまったくしない。

「えー、今日から新しくここで暮らす、陽紫苑です。よろ、よろしく」

誰も返事をせず、勝手に解散していった。人の気配がなくなったあと、金華猫はずばりと指摘する。

「紫苑、あなた、舐められているみたいよ」

「で、ですよねー……」

おそらく、とんとん拍子で後宮の地位を駆けあがったので、皆の反感を買っているのだろう。私は望んで四美人のひとりになったわけではないのだが。望む者がいたら、今すぐ譲りたいくらいである。

これからいったいどうなるのか。それは、この世を作りたもうた天帝のみぞ知ることなのだろう。

そして、新しく始まった竜胆宮での生活！

皇帝陛下の寵愛を得るため、毎日美しく着飾らないといけない。

だが――。

「あ、あの、紫苑様、お召し物なのですが……」

小鈴が持ってきたのは、地味としか言いようがない土色の服だった。裾や襟はほつれていて、生活が困窮している感を演出しているような気がする。

なんでも、隠居屋敷から持ってきた服を収めていた衣装箪笥の中身がすべて入れ替わり、みすぼらしい服ばかりになっていたという。

「なぜ……？」

私の疑問に、金華猫が答えてくれた。

「嫌がらせに決まっているでしょうが！」

「えー、そっかー」

「納得しないの！」

嫌がらせを受けた。だからと言って、なにをどうすればいいのかまったくわからない。

ひとまず、土色の服に袖を通す。なんだか妙に肌にぴったり合っていて、故郷を思い出すような一着であった。帝都にやってきてまだ一年も経っていないものの、もう何年も離れているように思えるのだ。

それにしても、こうもわかりやすい嫌がらせを前に、大きな衝撃を受ける。なにか対策をしなければと考えているところに、朝食が運ばれてきた。

女官が食卓に料理を並べていく。

「こ、これは——!?」

初めて見る品目に、言葉を失ってしまった。

泥の汁に泥団子、泥の蒸しまんじゅう、泥の煮卵……。茶に見立てた泥水まで用意されていた。

女官は急ぎ足で去っていき、すでに姿は影も形もない。

「ちょっと、なによこれ!!」

ありえない朝食を前に、金華猫が激昂する。無理もないだろう。毎朝、金華猫は私の食べ残しをいただくことをなによりも楽しみにしているのだから。

「あいつら、本当に舐めた行為を働いてくれたわ!! ちょっとあなたに化けて、殴り込みにいってくる!」

「いやいや、待って、待って!」

「どうして止めるのよ!」

毛を逆立て、いつも以上にもふもふになった金華猫を抱きしめて止める。

「竜胆宮に来て早々、問題を起こすなんて、私を四美人に指名した皇后陛下と瞬太監の顔に泥を塗ることになるから!」

「腹が満たされないことよりも、体面のほうが大事だと!?」

「いや、まあ、そうですね……」

なるべく、月天子がいないときに騒動は起こしたくないというのも本音だ。

月天子はきっと、冬の鎮魂祭を催すために奔走しているのだろう。ならば私も彼に迷惑をかけないように、後宮での調査を進めたい。

「紫苑、あなた、天下一品のお人好しだわ」

「そうかな？」

「褒めていないからね!!」

「そ、そんな！　天下一品なんて言うからてっきり、褒めているとばかり」

金華猫は尻尾をぶわっと膨らませながら、ぼやき始める。

「あなたをいじめる奴らに教えてやりたいわ。結託して嫌がらせをしても、大した精神攻撃にはなっていないと！」

「いやいや、なってるなってる！　朝食が泥とか、落ち込むよ」

「問題はそこじゃないから」

ひとまず隠者屋敷から持ち込んでいた米と鍋、火鉢を庭に持ち出し、粥を作ろう。

小鈴が調理すると言ってくれたが、彼女には泥料理の片付けを頼んだ。ひーちゃんが同行してくれるというので、一緒に中庭へと向かった。

外は寒い。冷たい風にさらされながら、米がぐつぐつ煮えるのを見守る。

なんだか、酷く空しい気持ちになった。朝食を用意してもらえなかっただけで、ここまで心がささくれるものなのか。

「しおん、きょうはおりょうり、たのしいねえ」

「楽しいねえ」

ひーちゃんがいてよかった。熱くなった目頭を片手で押さえつつ、ひーちゃんの頭をよしよしと撫でた。

　もうそろそろだろうかと鍋を覗き込んでいたら、女官が通りかかる。洗濯をしていたのだろうか、服を抱えていた。私に気づくなり、「きゃあ！」と悲鳴をあげる。

　後宮内の庭で粥を炊く者がいたら、何事かと思うだろう。

　謝ろうとしたその瞬間、彼女らが抱えている服が私の物だということにふと気づく。この場から立ち去ろうとしたので、引き留めた。

「ちょっと待って!!　その服、私の――!!」

　追いかけていたら、渡り廊下を歩く妃らとも遭遇してしまう。

「まあ！　なんの騒ぎですの!?」

　女官が助けを求めるように、妃に縋った。

「あの宦官が、あたし達を追いかけ回すのです」

「なんですって!?」

「いや、宦官じゃない……」

　昨日、見かけた妃とはちがう。おそらく、竜胆宮の主である私の顔を知らないのだろう。

ボロボロの服を着ているので余計に怪しく映っているようだ。

「ほかの宦官をお呼びなさい。この男を、百叩きの刑にしてあげるから」

「は、はい」

　どうしてこうなってしまったのか。頭を抱え込んでいたら、女官の姿をした金華猫が駆けてくる。

「ちょっとなにしてんのよ、あなた達は!!」

猛烈な勢いで走ってきた金華猫は、女官が抱えていた服を奪い取る。

「これは、紫苑妃の服よ！　なぜ、あなた達が運んでいるの!?」

「あ、えっと、上から命じられまして」

「上って!?」

「あたし達は、存じあげません」

女官に向かって、金華猫は「ふん！」と強気に鼻を鳴らす。

続いて、彼女の矛先は妃に向けられた。

「あなた、下級妃の分際で、よくも紫苑妃を百叩きにしようだなんて言えるわね！」

「え!?　ど、どこに、紫苑妃がいらっしゃるというのですか？」

「ここよ!!」

金華猫はビシッと私を指差す。

妃らは化け物を見たような顔で、こちらを見つめた。

「どっかのバカが、紫苑妃の服を隠してこのボロを仕込んでいたのよ！」

嫌がらせに妃達は関与していなかったのだろう。よくよく確認もせずに、女官の味方をしてしまっただけだ。

「紫苑妃、こちらの妃や女官の処遇は、どうする？　百叩きでもいいと思うのだけれど」

金華猫が怖いことを言うものだから、女官や妃らは顔色を青くさせ、その場に平伏した。

「ど、どうかお許しを！」

「身の程知らずでした！」

なんでだろうか、私が悪役に思えてしまうのは。とりあえず彼女らを許し、同じまちがいが二度とないように噛んで含めるように言っておいた。

女官と妃らが逃げるように去ったあと、金華猫はチッと舌打ちする。なにをしているのかと怒られるのかと思いきや、金華猫は私の肩をポンと叩くだけだった。

それからひーちゃんのもとに戻り、粥を回収する。なんと、噴きこぼれないよう、鍋を火から下ろしてくれていたらしい。なんてできる子なのか。部屋では、小鈴が漬物や茶を用意して待っていた。

「この漬物、どうしたの？」

「隠者屋敷にいるとき、余った食材で作っていたんです」

なにかあったときを考えて、仕込んでいたようだ。

小鈴の気遣いに涙が滲む。

「みんな……ありがとう」

世界一おいしい粥を、味わって食べた。

それからも、酷い嫌がらせは続いた。風呂の床に油が塗ってあり、それを踏んで見事に転倒。幸いにも打ち身のみで、大きな怪我はなかった。

それ以外にも履き物に鋲《びょう》が仕込まれていたり、布団にミミズがばら蒔かれていたり、枕に石が詰め込まれていたり……さんざんだ。

以前、まちがいを許した妃を捕獲し、話を聞く。ここには十麗人の妃がいて、彼女が嫌がらせを率先して女官に命じているらしい。

名は、芹《せり》妃だと耳にした。

なんでも彼女は十麗人の古株で、私が十麗人に指名されたときから怨みに思っていたようだ。さらに、四美人になったことから不満が爆発した、というわけである。

もしかしたら、芹妃が人喰いあやかしなのではないかなどと疑ってしまう。

ここまで他人に悪意を向けられるものなのかと、疑問に感じたからだ。

面会を申し出たものの、拒絶されてしまった。同じ竜胆宮に住んでいるというのに、徹底的に避けられている。どうしたものか……。

一度、月天子に相談したい。詳しい事情を手紙に書き、すぐに届けるよう宦官に託す。

ただ、月天子も忙しいのだろう。返事はすぐに届かない。瞬太監に相談するのはどうかと、小鈴が意見する。けれども、まずは月天子の意見を聞きたかった。

それから数週間経っただろうか。待てども待てども、月天子から返事はない。ソワソワと落ち着かない気持ちが昂ぶり、庭をうろうろ歩き回ったり、玄関で手紙を待ったりと、周囲からしたら怪しいとしか言えない挙動を繰り返す。

少し、気持ちを静めよう。

庭の池を覗き込む。鮮やかな模様の鯉が、ゆうゆうと泳いでいた。餌を求めているのか。こちらに向かってパクパクと口を動かしている。

残念ながら、餌になるような食べ物は持っていない。両手を広げてなにもないと主張していたら、突然背中にドン！という衝撃を受ける。

そのまま、池の中へ真っ逆さまとなった。

◇　◇　◇

真っ暗闇の中、ぽつんとひとり立つ。周囲にはなにも見えない。

「金華猫！　ひーちゃん！　小鈴！」

いつもそばにいるはずの彼女らの返事は、ひとつとてなかった。

「月天子……！」

当然、彼の反応もない。

打ちのめされたような気持ちでいたら、遠くから声が聞こえた。

「おーい！　おーい！」と呼ぶ声は酷く懐かしい。「こっち！　こっちよ！」と叫ぶ声は、聞き慣れた優しいものだった。

視界の先に、光が浮かびあがる。私に向かって手を振るのは、両親だ。

喜んで走っていこうとしたのに、ぐっと腕を掴まれる。

振り返った先にいたのは、月天子だった。

「ごめん、月天子、お父さんとお母さんが呼んでいるの」

「あなたはまだ、行ってはなりません！」

「次はいつ会えるかわからないし」

「今、会う必要はないんです」

「でも——」

月天子は私を引き寄せ、優しく抱きしめる。

耳元で「お願いです。一緒に来てください」と囁いた。ここで気づく。

今、大事なのはすでに亡くなった両親ではなく、今を生きる月天子だ。

彼のもとで手助けをする必要がある。人喰いあやかしだってまだ倒していないし。

「わかった。一緒に行こう」

「ありがとうございます」

月天子から離れた瞬間、温かな光に包まれる。

眩しくなって目を閉じた。

◇　◇　◇

「紫苑、この、バカ紫苑！　目覚めなさい！」

バチン！と、頰を肉球で打たれる衝撃で目覚めた。

「え、普通に痛い。待って。さっきの一撃で口の中切ったんだけれど」

「紫苑!!」

金華猫が顔面目がけて、飛び込んできた。口の中に、毛がこれでもかと侵入してくる。

続いて、ひーちゃんや小鈴の声も聞こえた。

「あなた、池に落ちて、意識を失って、ぷかぷか浮かんでいたのよ！　非常食の発見が遅れていたら、どうなっていたか！」

「も……もがが、もがががが？」

「三日も意識がなくって、もうダメかと思ってた！」

「も、もが……」

苦しい、本当に苦しい。けれども、それを感じられる今がとても嬉しかった。

「ま、まさか、後遺症で喋れなくなったの!?」

金華猫の疑問に、小鈴が答えてくれた。

「あの金華猫さん。きっと、お顔に金華猫さんが乗っているので、紫苑様はお話しできないのかと」

「あ、ああ、ごめんなさい」

私を池に突き落とすよう命じたのは、気配を遮断できる宦官だった。私が池に近づいたところを狙って犯行に及んだのだという。彼に依頼したのは、おそらく芹妃だろう。

すでに芹妃は捕まり、兵部に突き出されたらしい。私が突き落とされてすぐ、月天子が駆けつけて瞬く間に処理していったそうだ。なんというか、仕事が早い。

「ここにいた妃と女官は全員、月天子が追い出したわ。代わりに、彼に仕えていた女官がいるから、安心してちょうだい」

ちなみに、月天子へ送った手紙は本人に届いていなかったようだ。また、月天子が送った手紙も、私のもとには届かなかったのである。この辺も、芹妃が妨害していたのだろう。

「あなたが目覚める少し前まで、月天子はずっと手を握っていたの」

「そうだったんだ」

今日は冬の鎮魂祭当日なので、ずっとついていることはできなかったらしい。

「夢の中に両親がでてきて、こっちにおいでって言っていたんだけれど、途中から月天子が登場して、行ってはいけないって訴え始めたの。実際に月天子がいたから、そんな夢を見たんだろうね」

「紫苑……あなたそれ、夢じゃないわよ！」

「え、夢じゃなかったら、なんなの？」

金華猫はカッと目を見開き、瞳孔をまんまるにしながら叫んだ。

「生死の狭間!!」

「えー！」

途中、月天子がなにやら呪文をぶつぶつと唱えていたらしい。

「きっと、あなたを黄泉《よみ》の国から引き戻すための呪文だったのよ」

「だったら、あのとき両親のもとに駆け寄っていたら——死んでた？」

「ええ」

ゾッとしてしまう。ただの夢だと思っていたのに、そうではなかったようだ。

「両親よりも月天子を選んでしまって薄情だったかな、なんて思っていたんだけれど」

「月天子を選んで大正解だったのよ！」

「うん、そうだったね」

両親も、月天子も、どちらも大事だ。でも、どちらかを選ばなければならないとしたら、生きている月天子を大事にしたいと思ったのだ。

「きっと、あなたのご両親も、怒らないはずよ」

「だといいね」

金華猫は優しく毛布をかけてくれる。肉球で額をぺたぺた触りながら、ゆっくり休むようにと言ってくれた。まどろみかけた瞬間、女官が駆け込んでくる。

「お休みのところ、申し訳ありません!!」

「んん？」

隠者屋敷でも仕えてくれていた、冷静な女官が焦った顔をしている。いったい何事なのか。その手には手紙があった。

「こ、こちらを、紫苑妃に」

「月天子から？」

「い、いいえ。兵部長官からの通告です！」

「へ!?」

悪を懲らしめる兵部の親玉が、なんの用事なのか。封を切って中身を確認する。

「――え!?」

「ねえ、紫苑、なんて書いてあるのよ？」

「……、……だって」

「なんですって!?」

兵部長官からの手紙には、簡潔に通告する内容が書き記されていた。

――通告、陽紫苑、後宮を荒らす人喰いあやかしとして、拘束する。

「ど、どういうことなの!?」

遠くから、女官の「おやめください」という悲痛な叫びが聞こえた。加えて、ドタドタと荒く廊下を踏みしだく音も聞こえる。

それはだんだんと近づき――寝室の扉が乱暴に開かれた。武装した兵士が叫ぶ。

「陽紫苑を発見した！　拘束せよ！」

兵士が汚れた土足のままやってきて、乱暴に腕を掴む。

「そこの猫や犬、狸も念のため捕らえよ！」

金華猫は「シャー！」と威嚇したものの、漁網みたいな網を投げ込まれて身動きが取れなくなってしまう。ひーちゃんや小鈴も、同じように捕まった。

私達は驚くほど無力だった。たった数秒ほどで、兵士達に捕らわれてしまった。

罪人のように縄でぐるぐる巻きにされて、猿ぐつわを嚙まされた状態で連行される。無理矢理押し込められた馬車は、後宮の外へと向かった。


辿り着いた先にあった建物は、どこだかわからない。地下に連れていかれ、最終的に牢屋の中へと閉じ込められてしまった。

金華猫やひーちゃん、小鈴は別の場所に連れていかれる。せめて、彼女らが一緒であれば、不安な気持ちも軽くなったのに。薄暗く、環境の悪い地下に取り残された。

見張りの兵士がギラギラとした目をこちらに向けており、非常に居心地悪い。

ジメジメとした地下は信じがたいほど寒い。着の身着のままだったので、余計に寒く思うのだろう。おまけにかび臭く、鼠がチュウチュウ鳴く声もどこからともなく聞こえてくる。どうか、鼠達がこちらへ近づかないようにと願うばかりだ。

それにしても驚いた。私が人喰いあやかしだと勘ちがいされるなんて。

なんでも、月天子が拘束した芹妃が私を糾弾したらしい。食べられそうになったので、退治しようと思ったと主張しているようだ。

おそらく、無駄なあがきとなるだろう。私にかかった疑いは、月天子や皇后、瞬太監が晴らしてくれるはず。今は、騒がず静かに耐えるしかない。

それからどれだけ経っただろうか。なにも口にしていない腹が、ぐーっと飢えを訴えた。けれども、食事などが用意される気配はこれっぽっちもなかった。

かなりの時間をかけてここで一夜を明かす決意をしたのに、まさかの展開となる。

兵士達がぞろぞろとやってきて、牢屋の鍵を解錠したのだ。

釈放か！　なんて期待したのは一瞬のことだった。兵士が低い声で「ついてこい！」と口にした瞬間、自由の身になれないのを悟る。

両手は縄で縛られたまま。長く伸びた縄は兵士のひとりがしっかり摑んでいる。まるで、犬の散歩のようだ。

連れていかれた先は、皇帝陛下に謁見する屋外の広場である。背後に見える立派な建物は、皇帝陛下が政治を行う朝廷か。武装した兵士がずらりと並んでいて、異様な空気を放っている。広場の中心には一段あがった台の上にふたつの玉座が置かれており、そこに腰かけるのは、皇帝陛下と皇后陛下。

初めて見る皇帝陛下は、目元には深い皺が刻まれ、長い髭を生やした威厳たっぷりの姿だった。その背後には、瞬太監が影のように控えている。陰になっている場所に立っているので、表情はうかがえない。

一段さがった場所に立つのは――月天子だ。両手を背に回し、堂々たる姿で佇んでいた。

あれが変装していない月天子の姿かと、まじまじと見つめてしまう。

絶世の美貌は相変わらず。けれども、女官の姿とは異なり、きりりと表情が引き締まっていて、勇ましさを感じる。長い髪は三つ編みにし、胸の前に垂らしていた。皇族のみが許された、龍が描かれた豪奢な服を美しく着こなしている。

なんて立派な姿なのか。他人事なのに自分のことのように誇らしい気持ちで、月天子をただただ眺めてしまう。その姿を見るのは、両手が拘束された状態ではないときがよかったのだが……。

月天子に向かって助けてくれと訴えたかったが、猿ぐつわをされたままなので声にならない。彼自身は私のほうを見ようとせず、硬い表情のまま。たぶん、なにか考えがあるので、私を助けないのだろう。今はこの状況を受け入れるほかない。

「陽紫苑、皇帝、皇后、両陛下の御前だ。跪け!!」

「へ？」

叫びが聞こえたのと同時に、背中をどん！と押された。倒れそうになったものの、なんとか踏みとどまる。

片膝をつく姿勢で着地した。危うく、固い石畳に接吻をするところだった。

兵士の中で、もっとも豪華な装備をまとう中年男性がやってくる。おそらく彼が、兵部長官なのだろう。手にしていた巻物を広げ、読み始める。

その内容は、芹妃が私を人喰いあやかしであると主張しているというものであった。

芹妃もここにやってきており、私と同じく両手を縛られた状態で平伏していた。顔だけあげると、私をジロリと睨む。まるで、親の敵を見るような視線であった。

彼女とは初めて顔を合わせた。年頃は二十代後半くらいか。今にも噛みつきそうな表情で、こちらを見ている。

可哀想に……。立場に固執し、自分がどのような罪を犯したのか理解できていないのだろう。ああして拘束されても尚、私が諸悪の根源だと思っているのかもしれない。

兵部長官が宣言する。これから罪を暴く裁判を開くと。まずは、芹妃の主張から聞くようだ。猿ぐつわを外された芹妃は、捲し立てるように叫んだ。

「その女こそ、後宮を災いの渦中へ落とし込んだ人喰いあやかしですわ!!　私は、嵌められたのです!!」

四美人に取り込み、彼女らを陥落させ、地位を奪う。とんでもない悪女であると芹妃は証言する。

「この女が、あやかしであるという証拠があります。見た目こそよく化けていて人間のようにしていますが、あやかしの手下を従えているのです!!」

ザワザワと、兵士達がざわめく。兵部長官が「静粛に!!」と叫んだ。

「捕らえていた手下のあやかしを連れてくるように！」

「はっ!!」

小さな檻に捕らえられた金華猫、ひーちゃん、小鈴が運ばれてくる。

金華猫はシャーシャー鳴いて、檻に体当たりしていた。ひーちゃんは小首を傾げている。小鈴は怯えているかと思いきや、毅然としているように見えた。

「これらの獣があやかしであるか否か、確認する必要がある！」

芹妃は金華猫やひーちゃん、小鈴が獣の姿で喋っている様子を目撃したと訴えていた。それが本当か、はっきり確かめるという。兵士のひとりが、金華猫に話しかける。

「おい、お前はあやかしか？」

「シャ――!!」

金華猫は猫のような威嚇しかしない。話す様子は見られなかった。

続いて、兵士はひーちゃんに話しかける。

「おい、お前はあやかしか？」

「？」

ひーちゃんも小首を傾げるばかりで、言葉を発しない。

最後に、兵士は小鈴に話しかける。

「おい、お前はあやかしか？」

小鈴は丸くなって、目を閉じた。話す様子は見られない。

「ふむ……。ごくごく普通の獣に見えるな」

「いいえ、たしかに、喋っているところを目撃しました！　あやかしはずる賢いので、今の状況をわかっていて、黙っているのでしょう！」

芹妃の訴えに、兵部長官はなにやら考えるような仕草を取る。なにか思いついたのか、ここにいる者達へ呼びかける。

「誰か、ほかにこの獣があやかしだと見た者はいないのか？」

シーンと静まり返る。

金華猫やひーちゃん、小鈴があやかしであると知っているのは月天子だけ。今、黙っているということは、月天子は私達の味方なのだろう。相変わらず、こちらを見ようとしないが、きっと彼が助けてくれるはず。

「では、続いての調査に移る。華夏妃よ、こちらへ」

「か、華夏妃!?」

華夏妃は私のほうを見つめ、申し訳なさそうにする。なぜ、彼女が？

疑問に思ったのと同時に思い出す。彼女は獣に触れたときに、くしゃみや鼻水が止まらなくなる体質だと話していたことを。

「華夏妃は獣に触れると体調不良を起こす。まずは、こちらを見てほしい」

兵士が黒い犬を抱いてやってきた。それを、華夏妃に近づける。すると――。

「くしゅん！　くしゅん！　うう……！」

犬がそばによった瞬間、くしゃみが止まらなくなった。鼻水も出たようで、手巾で鼻先を押さえつけている。

「このようになる。どの獣でも同じだ」

続けて猫、狸と兵士が連れてきて、華夏妃の反応を見た。犬と同じように、くしゃみや鼻水が止まらなくなる。

「もしもここにいる猫と犬、狸があやかしであれば、華夏妃の体調不良は起きぬだろう」

そうなのだ。華夏妃は金華猫やひーちゃん、小鈴に触れたとき、まったく平気だった。彼女らがあやかしだからだろう。

なんて酷い確認の仕方をするのか。怒りがこみあげてくる。

「では、猫の檻を華夏妃に近づけろ」

兵部長官の命令に従い、兵士はふたりがかりで檻を運ぶ。これ幸いと、金華猫は兵士の手を爪で引っ掻いていた。兵士は手甲を装備しているので傷付けられないが、運びにくそうにしていた。

華夏妃の前に金華猫の檻が置かれるも、反応はない。先ほどのように、くしゃみや鼻水は出なかった。ひーちゃん、小鈴でも反応は同じである。

おお……！と兵士達からどよめきがあがった。

「華夏妃の反応から、この獣らがあやかしであるのは確実。陽紫苑は、人喰いあやかしであったと証明される！」

そ、そんな!!　ほかの証拠もないのに、私が人喰いあやかしだと決めつけるなんて!!

兵部長官は皇帝陛下に処分を求めた。

「陽紫苑、かの者を死刑とする」

皇帝陛下は冷ややかな瞳を私に向け、死刑を言い渡した。

兵部長官がやってきて、そっと耳打ちする。

「毒殺だ。よかったな」

一発でころりという強力な毒らしい。少々苦しむことになるが、確実に死ぬのだと懇切丁寧に教えてくれた。

毒杯が運ばれたのと同時に猿ぐつわが外される。ここぞとばかりに、無罪を主張した。

「わ、私は、人喰いあやかしではない!!」

「うるさい、だまれ!!」

月天子に縋るような視線を投げかける。けれども彼は、無表情でこちらを見るばかりだ。

兵士にふたりがかりで押さえられる。兵部長官に顎を鷲づかみにされ、毒を飲まされた。

言葉にできない苦みが、口の中に広がる。

「どうして……？」

そして、全身に力が入らなくなり、あっさりと意識がなくなった。

どうやら私は死ぬらしい。


紫苑、紫苑と呼ぶ声で、意識が覚醒する。

「紫苑……陽紫苑、起きなさい」

「ううう」

上体を起こした途端、頭がズキンと痛む。

ここはどこ？　私は誰？　などと考えて、ハッと我に返った。

私は毒を飲まされ、死んだはずだった。けれども生きている。目覚めた場所は、薄暗い硬い石棺の中。まだ蓋はされておらず、土葬される前なのだろうか。

太陽の光が差し込まない暗い部屋は、遺体を安置する霊廟《れいびょう》か。

石棺のそばに誰かが立っていた。そういえば、私に呼びかける者がいたのだ。

「だ、誰？」

「瞬九旺です」

「瞬太監……？」

「ええ」

部屋が真っ暗なので、姿がよく見えない。体を起こしてそう訴えると、角灯に火が点された。ぼんやりと、瞬太監の美しい姿が浮かびあがる。

どうしてか、今日の瞬太監はゾッとするような怪しい美貌に思えてならない。

沈黙に耐えきれなくなって、質問を投げかける。

「あの、私、毒を飲んだのだけれど？」

「あれは仮死の毒です。私がすり替えておきました」

瞬太監は私を見捨てたわけではなかった。ホッと胸を撫で下ろす。やっと、自由の身になれるのだ。

「あの、瞬太監、ありがとうござ――」

言葉は最後まで発せられなかった。瞬太監に突然押し倒され、首を両手で絞められているから。

「がっ、うう……!!」

なぜ?という疑問すら、言葉にならない。角灯は手放したようで、今、彼がどんな表情で私の首を絞めているのかわからなかった。

「バカにもわかりやすく説明しようか？　百五十年以上も騙されていた、愚かな皇族の話を！」

それは人を見くびって軽蔑するような声色だった。これまで知性に溢れていた瞬太監の喋り方とはまったく異なる。

まさか、彼が人喰いあやかしだった!?

いいや、人喰いあやかしが、彼に化けている可能性も大いにある。

腕を摑んで外そうとするも、びくともしない。人間の持つ力だとは思えなかった。

自由な足で瞬太監を蹴飛ばそうとしたその瞬間、バチン！と火花が弾けた。ゆらゆらと周囲を照らすように火の玉が出現し、部屋を怪しく照らす。

そしてばりんと、なにかが裂けるような不気味な音が響き渡った。

「ヒッ!!」

ありえないことに、瞬太監の背中から八本の脚が生えてきた。

まるで、蜘蛛のような――。

気味が悪い脚に全身を拘束される。逃げようとしても、身動きが取れなくなってしまった。ここで首から手が離れる。

「げほっ、げほっ！　な、なにを――ひっ！」

瞬太監の腹が割けて、ギザギザとした牙が生えた口のようなものが出現する。

「あ、あなたが、人喰いあやかし⁉」

「そうだが？」

あやかしが瞬太監に化けているのかと聞いたものの、そうではないと否定する。瞬太監自身が、人喰いあやかしだったのだ。

「優しくて、知識が豊富で、頼りになる瞬太監を尊敬していたのに……！」

「それは、愚かな人間どもがそう思うように振る舞っていただけ」

「どうして、こんなことを……？」

瞬太監はまるで自慢話でもするように語り始める。きっかけは、蓬莱での蜘蛛との出会いだったらしい。蜘蛛は人の言葉を解する不思議な存在で、瞬太監に語りかけてきた。

仙女を喰らえば、多くの知識を手にできる、と。

当時、出来損ないの仙人扱いされていた瞬太監は、蜘蛛の話に興味を持った。

蓬莱で頭角を現す仙人は、すべて仙女を喰らっているらしい。特別な者だけに、その情報は共有されるのだという。

ほかの仙人からバカにされて我慢ならなかった瞬太監は、蜘蛛に唆されるがままに仙女を喰らった。蜘蛛の言うとおり、瞬太監は大いなる力を得た。これで力を発揮できる。喜びに満ちた時間は、長くは続かなかった。

仙女を喰らったことがバレて、蓬萊を追放されてしまった。

殺されずに済んだのは、仙人や仙女が不浄を嫌うから。おかげで助かったのである。

人間界へ追いやられてしまった瞬太監は、途方に暮れる。そんな彼を助けたのは、蓬萊で出会った蜘蛛だった。

蜘蛛は再び瞬太監を唆す。その昔、七十二候ノ国は最強のあやかし、邪龍が支配していた。人を喰い、長きにわたって統治していたのだ。

邪龍と同じように七十二候ノ国を乗っ取って、人を食べようではないか。

そんな誘いに瞬太監は応じた。蜘蛛の提案で、体をふたりで共有しようという話になった。だが、瞬太監は蜘蛛の思いどおりにはならなかった。仙女を喰らって手にした大いなる力を使って体を乗っ取り、自らの体へ取り込んだのだ。

蜘蛛はあやかしだった。瞬太監を利用しようと考えていたことに気づいたのだ。

ならば逆に利用してやろう。そう思って、蜘蛛の力を得たのだ。

「私は邪龍のように国を乗っ取ろうとは思わなかった。効率が悪いからだ」

人々の頂点に立ったら耳目《じもく》を集める。そのため、邪龍とは別の方法を取った。

彼は宦官となり、徐々に上り詰めてく。ほどほどの権力を得たら、なんの疑いも持たれずに人を喰らえるようになるからだ。

「ただ、いくら女を喰らっても、物足りなかった」

蓬莱で食べた仙女の味が忘れられない。けれどもあやかしとなった身では、二度と蓬莱に昇れないのだ。どこかに仙女がいないものか。七十二候ノ国の歴史を調べているうちに、陽家の存在を発見する。

「彼らは仙女の血を引いていた——！」

しかしながら、当時の陽家に女はいなかった。皇族の血を引いているので、即位されたら喰いにくくなる。そのため、瞬太監は陽家の謀反をでっちあげたのだという。

「え、待って！　うちって、皇族の血を引いているの？」

「そうだ。知らなかったようだな」

「知らなかった!!」

なんでも、現在皇位を継承している玉家よりも、皇族として血が濃い一族が陽家だという。玉家は陽家の傍系だったようだ。

月天子が私に敬語を使わなくてもいいと言っていた理由は、陽家が皇族の本家だったからなのだろう。陽家が皇位継承権を返上したため、傍系だった玉家が皇位を引き継いでいたらしい。

「お前らが必死になって教えを乞うていた薬酒や薬膳の知識は、陽家から奪ったものだ！」

「そ、そんな……！」

陽家を帝都から追い出し、家に残されていた薬酒や薬膳の書物を奪って自分のものとした。それを、あたかも昔から知っていたかのように振る舞っていたのだ。

金華猫が蓬萊料理を懐かしく思っていたのは、蓬萊料理を伝えた仙女に作ってもらっていたからなのだろう。

それにしても酷い。陽家が帝都から追放されたのは、瞬太監の勝手な事情からだった。さらに金華猫やひーちゃんを封じたのも、彼らしい。人間に味方するあやかしの存在を、そのままにしておけなかったのか。

なんにせよ、絶対に許せない。

「陽家に女はなかなか生まれなかった。五十年待ってようやく生まれたのだが、攫おうかと画策していたら勘づかれて、池に身投げしてしまった。それから百年以上、陽家に女は生まれなかったのだ」

陽家の女が男装しなければならない理由——それは、女だと気づかれたら喰われるからだ。陽家の者達は、狙われているのに気づいていたにちがいない。

それを知らなかった私は、日常生活で性別を隠さなかった。それが原因で、瞬太監に存在がバレてしまったのだろう。

「ついに、ついに陽家の女を発見した。私は歓喜に震えた!!」

それから、瞬太監は私を喰らう計画を立てたのだという。

まず、人喰いあやかしの事件を起こす。後宮に恐ろしいあやかしが潜んでいると、皆に知らしめた。皇后を唆し、月天子を利用して、私を帝都へと誘った。

「時間はかかったが、ようやくお前を喰える瞬間がやってきたというわけだ！」

ちなみに、私を池に突き落としたのは下級宦官に変装した瞬太監だったという。また、芹妃に近づき、私に対していやがらせをするように唆していたようだ。なんて酷いことをするのか。

絶対に許せない。このまま彼をのさばらせるわけにはいかないだろう。

まずは、拘束から抜け出さなければならない。けれども、びくともしなかった。

「大人しくしておけ。暴れると、苦しい思いをするぞ」

「う、ううう……！」

着ている服が替わっている。帯や懐に忍ばせてあった呪符はなくなっていた。反撃の手立てはない。

メキ、メキと音を立てながら、瞬太監の人としての姿が剝がれていく。

鋭い牙が生え、下半身の肉は膨らんで肥大した腹部となる。あっという間に、醜い巨大蜘蛛へと変わっていった。

人の血肉を好む土蜘蛛というあやかしがいるという話を、金華猫から聞いた覚えがあった。最初に瞬太監を唆したあやかしは、土蜘蛛だったのだろう。

こんな姿となれば瞬太監とは呼べない。ただの巨大蜘蛛だ。

巨大蜘蛛はぶつぶつと、なにやら呪文を唱えている。耳にしただけで禍々しさが伝わってきた。確実に危険な呪術だろう。慌てて質問を投げかける。

「ど、どうして、意識を失っているときに仕留めなかったの？」

「恐れおののく女の悲鳴を聞くと、心から満たされるからだ」

「ひ、酷い!!」

呪術を用いて仙女の力ごと取り込んでやる、などと宣言される。聞いた瞬間、全身に鳥肌が立った。

「うわ、私なんか取り込んでも、得なんかないって――!!」

巨大蜘蛛の口が眼前まで迫る。だが、途中でピタリと止まった。

バタバタと複数の足音が聞こえ、霊廟の扉が勢いよく開かれる。

「瞬太監、そこまでです!!」

凛とした月天子の声が、霊廟の天井から聞こえた。扉からは兵士が押し入ってくる。すぐ近くに飛び降りてきた月天子が剣で巨大蜘蛛に斬りかかった。続けて、彼が使役する白狼も襲いかかる。

「ぐっ!!」

巨大蜘蛛は身を翻し、攻撃を回避する。私は晴れて自由の身となった。

「紫苑!!　大丈夫でしたか!?」

「だ、大丈夫じゃない」

「遅くなって申し訳ありませんでした」

続けて天井から金華猫やひーちゃん、小鈴が飛び降りてきた。

「紫苑!!」

「しおん――!!」

「紫苑様!!」

「みんな――!!」

再会を喜んでいる場合ではない。巨大蜘蛛を倒す必要がある。

小鈴が小物入れを差し出してくれる。

「紫苑様、こちらを!」

「呪符だ! ありがとう」

「しおん、これも!」

ひーちゃんが口に銜えていたのは、小刀だった。

「ありがとう、ひーちゃん!」

心もとない気持ちが一気に晴れる。それにみんなもいるから百人力だ。

月天子は果敢に巨大蜘蛛に斬りかかる。だが刃が当たっても金属音に似た音が鳴るばかりで、致命傷を与えているようには見えない。鎧のように、厚い外皮の持ち主なのだろう。

相手は普通のあやかしではない。半分仙人で、半分あやかしという特殊な存在だった。

「月天子、瞬太監が人喰いあやかしだった!」

「ええ。話は天井裏で聞いていていました」

どうやら、私は瞬太監の正体を暴くための餌だったようだ。いや、最初からそんな気はしていたけれど……。

兵士達も攻撃に加わるものの、いくら剣で斬りつけても傷のひとつすらつかない。力も相当なものなのだろう。剣を押し返された兵士が弧を描いて飛んでいく。壁に激突し気を失ったようだ。ひとり、またひとりと兵士は倒れていく。

月天子が使役する白狼が飛びかかり、巨大蜘蛛の腹に爪を立てる。

爪が食い込んだ傷口から、緑色の血が溢れてきた。それは棘と化して白虎に襲いかかる。

「ぎゃう！」

白狼は心臓を棘に貫かれ、姿を消した。その場には頭蓋骨だけが残る。

月天子は次なる口寄せの呪術を用意しているようで、ぶつぶつと呪文を唱えている。

「金華猫、ひーちゃん、小鈴、私達も加勢しよう」

みんな、勇ましい表情で頷く。

まず、ひーちゃんが巨大蜘蛛の脚関節へと飛びかかる。ぐらりと傾いた瞬間に、次の脚へと飛び移る。脚から脚へぴょんぴょんと飛び回っていると、巨大蜘蛛は均衡を崩した。

続けて小鈴が攻撃に加わる。蜘蛛の天敵であるベッコウバチに変化した。

全身が黒いこの蜂は蜘蛛を専門に喰らうのだ。農作業をしたときに、私が小鈴に教えてあげたことを覚えていたのだろう。

ただ、相手はあやかし。ベッコウバチを恐れるわけがない。けれども飛行状態からの攻撃は、戦闘を攪乱するのに効果的だ。

最後に金華猫が変化の術で姿を変える。秋霖妃が飼育していた、巨大な黒蛇である。

「このワタシが世界一毛嫌いする蛇に変化なんて、屈辱的だし最低最悪の気分だわ！　その巨大蜘蛛、絶対に許さないんだから！」

巨大蜘蛛を許さない事情が、個人の感情を大いに含んでいるように聞こえた。

そんな黒蛇となった金華猫は、巨大蜘蛛に迫って体に巻きつく。

ぎゅ、ぎゅっとその体を締めつけた。

「紫苑、今よ！」

「よしきた！」

金華猫と協力して作った呪符を使ったら、彼女を傷つけることはない。呪符の呪文を指先でなぞると、淡く光りはじめる。

「その身を斬り裂け！」

呪符を巨大蜘蛛に向かって投げつける。途中で呪符が鋭い刃となり、襲いかかった。まず脚を一本両断し、宙でくるくると回って再び斬りかかる。次々と巨大蜘蛛の脚を斬り刻んでいった。

「やった！」

喜んだのもつかの間のことだった。

「――っ！」

巨大蜘蛛に巻きついていた金華猫が、変化を解いて離れていく。蹲った巨大蜘蛛が、ガタガタと震え始めたのだ。

口から白い糸を吐き出し、自身の体に巻き付ける。

「な、なんなの、あれは？」

金華猫の呟きに、月天子が落ち着いた声で答える。

「蜘蛛の、卵のうに似ています」

「月天子、卵のうってなに？」

「蜘蛛の糸で作られた、卵を守る繭のようなものです」

胸騒ぎがして、小鈴と一緒に作った火の玉の呪符を放つ。しかしながら、蜘蛛の糸で作られた繭は火を弾き返した。

「なっ？」

金華猫が爪を立てて攻撃しても、ひーちゃんが渾身の力で飛びかかっても、小鈴が巨大な金槌に変化して叩きつけても結果は同じ。繭はいかなる攻撃も防いでしまった。

「紫苑、なんだか嫌な予感がします。さがっていてください」

「わかった」

ここで、月天子の口寄せの術が完成したようだ。頭蓋骨が具現化したのは、巨大な白熊である。繭に頭突きを喰らわせたが、びくともしない。おそらく、繭になって終了というわけではないのだろう。

ふいに繭が小刻みに揺れ、バキバキと奇妙な音も鳴らしていた。

「な、なに、なんなの？」

長い時を生きる金華猫ですら、初めて目にする光景らしい。全身の肌が粟立ち、震えが止まらなくなる。

繭は突如として割れた。中から出てきたのは、先ほどよりもひと回り大きくなった巨大蜘蛛である。欠損させたはずの八本の脚も再生していた。

「あの白い繭は、自己再生と脱皮を行うためのものだったのですね……！」

なんて恐ろしい能力を持っているのか。こちらがどれだけ巨大蜘蛛に致命傷を与えても、再生され続けたら意味がない。

物理的な攻撃を与えるのは悪手と言えよう。こちらが体力を消費するばかりだから。

「どうすれば、いいの？」

考えろ、考えろ、考えろ――！

ふと気づく。どうして巨大蜘蛛は、私を食べずに呪術で取り込もうとしたのか。たしか、恐怖が入り交じった悲鳴を聞くと心が満たされると言っていた。だが取り込むよりも、喰らったほうが絶望に染まった悲鳴をあげるだろう。

ここで、父が話してくれた邪龍の話を思い出す。

「あ――！」

「紫苑、どうかしたのですか？」

「月天子、私の血を使って！」

　二百年以上も前、国を乗っ取っていた邪龍を倒したのは――仙女の血。それは私の体内に流れるものである。仙女の血はあやかしにとって猛毒だと父が話していたのだ。つまり、巨大蜘蛛を討つ最終兵器となりうる。

　先ほど瞬太監は私を喰らうのではなく、取り込むと言っていた。仙女の血はあやかしにとって害をもたらすものなので、食べることができないのだろう。

「仙女の血は、あやかしにとって毒だから」

「わかりました」

　月天子は背負っていた弓矢を手に取る。剣による直接攻撃ではなく、弓矢による遠隔攻撃で瞬太監を仕留めるらしい。

　小刀で手のひらを傷付ける。じわりと血が滲み出てきた。それを手巾で拭い、鏃《やじり》へと擦り付けた。

「外皮が矢を弾くでしょうから、狙うのは剝き出しになっている目です」

　兵士達が巨大蜘蛛を引きつけている間に狙うのだろう。金華猫やひーちゃん、小鈴も加勢する。

　兵士達が運んだ松明で明るくなったとはいえ、目標を定めるには薄暗い。けれども、月天子は迷うことなく弓に矢を番え、弦を極限まで引いた。

ヒュン！と音を立てて矢が飛んでいく。巨大蜘蛛の目に飛んでいったものの、直撃する前に薄い膜が張った。矢はあっけなく弾き返される。

「くっ……！」

おそらく、危険が迫ると自然に体を硬化させる能力があるのだろう。先ほどにはなかった能力を身につけている。もしかしたら繭に閉じこもるたびに、新たな能力を得られるのかもしれない。

「グオオオオ!!」

矢は弾き返したものの、なにかしらの衝撃を受けたのだろう。

巨大蜘蛛は雄叫びをあげる。全身の力が抜けるような気持ち悪い声だった。耳にすると脱力してしまう。兵士達は次々と地面に膝を突いた。

巨大蜘蛛は兵士達を振り払おうとする。兵士達は選りすぐりの者達なのかもしれない。ふらつきながらも、巨大蜘蛛への攻撃をやめなかった。月天子の白熊も攻撃に参加している。私や月天子は、膝を突いたまま身動きが取れなかった。

動きを見るに、巨大蜘蛛は理性を失っているように思える。もしかしたら、土蜘蛛の意識に支配されつつあるのかもしれない。

こうなったらもっと大量の血で、仕留めるしかない。きっと父はこのために、私に邪龍の話を教えてくれたのだろう。仙女の血だけが、巨大蜘蛛を倒せるのだ。

脱力しきった体を叱咤し、ふらつきながらも立ちあがる。

倒し方は簡単だ。二百年以上も昔、仙女が邪龍の口へ飛び込んだように、私も巨大蜘蛛の口内へ飛び込むのだ。正直恐ろしいし、ここで命を散らしたくない。けれども、この手段を取れるのは陽家でたったひとり生き残った私だけだ。

もしかしたら、この瞬間のために私は生き長らえていたのかもしれない。だとしたら、両親に自分だけ助かって悪かったという気持ちを持たなくていいのだ。それに、月天子が平和に暮らせる世をもたらせるのだと思えば、恐怖も少しだけ薄くなっていく。

意を決し一歩、一歩と前に進む。

「やめなさい!!」

金華猫が私に体当たりする。ひーちゃんが小刀を奪い、小鈴が鞘に収めた。

「どうせ、自分の命を捧げて、あの蜘蛛を倒そうとか考えていたんでしょう!?　陽家の人間は、本当にしようがない人ばかり!!　ずっとずーっと昔に、邪龍を倒すときも同じことをしたの!」

「金華猫、記憶が戻ったの?」

「ええ」

あろうことか、金華猫は肉球で私の頰をバチン!と叩いた。すると、脱力状態から解放される。同じように、金華猫は月天子の頰を叩く。

時を同じくして、最後の兵士が失神したようだ。巨大蜘蛛はこちらへ突撃してくる。

月天子が背負う矢筒から矢を取り出し、鏃の先端で腕を引っ搔く。血が付着した矢を、月天子へと手渡した。金華猫が叫ぶ。

「これ以上紫苑を疵物にするのは許さないから！　月天子、これは最後の矢よ！」

月天子は深く頷き、私の血を付けた矢を弓に番えた。

腕が、指先が、震えているように見える。そんな彼を、奮い立たせるために叫んだ。

「大丈夫、月天子なら、やれる!!」

「紫苑、ありがとうございます」

ふっきれたのか、月天子の震えが止まった。キリリと限界まで引いた弦を、一気に放つ。

飛んでいった矢は、巨大蜘蛛の口へ吸い込まれるように当たった。

「グ、グアアアアアアア!!」

巨大蜘蛛の体は小刻みに震え、もがき苦しむ。脱力状態から解放された兵士が立ちあがり、次々と口元に剣を突き刺した。

最後に、私は小物入れに入れていた小さな酒瓶を取り出す。中身は唐辛子を漬けた薬酒である。生前の父が「唐辛子には魔除けの効果がある」と教えてくれたのだ。

火を噴くような辛さがあるのだが、その力が災いとも言える悪しきあやかしを祓ってくれる。この唐辛子の薬酒を、村にいたときに最終兵器として携帯していた。

唐辛子の薬酒の瓶を思いっきり投げると――見事、巨大蜘蛛の口の中へと入り、苦しそうな叫びをあげた。

月天子は剣を握って躍り出る。巨大蜘蛛の口を封じるように突き立てた。

「グオオオオオ——!!」

断末魔の叫びをあげる。

月天子の一撃が止《とど》めとなったのか、巨大蜘蛛は動かなくなった。

「か、勝った？　私達、人喰いあやかしを、退治したの？」

「ええ、どうやらそのようです」

膝の力が抜けて、頽《くずお》れそうになる。月天子はがっしりと、私を支えてくれた。

ついに、人喰いあやかしを倒した。

後宮に、平和が訪れるようだ——。

終章 ◈ 求婚は前触れもなく

なんでも、月天子は最初から瞬太監を怪しく思っていたらしい。証拠はないが、どこか胡散臭いと疑っていたようだ。

最初から瞬太監を犯人として炙り出すために、いろいろと行動を起こしていたという。月天子の暗躍にはまるで気づいていなかったものの、彼を信じていたのでどうにかなると確信していた。ヒヤヒヤする場面もあったが、なんとか解決の糸口を摑んだのだ。

私を罪人に見立てて、瞬太監の尻尾を摑む作戦も月天子が思いついたらしい。兵部長官が開いた裁判は、茶番劇だったというわけである。瞬太監は毒をすり替えたと言っていたが、もともと飲まされる予定だったものも毒ではなかったのだ。

それより以前に、瞬太監を追い詰める計画は進んでいた。

作戦が実行されたのは、私が四美人に抜擢されてから。

竜胆宮の妃や女官は全員、劇団の役者だったという。芹妃も月天子が雇った帝都一番の役者で、傲慢で自分勝手な妃を演じるよう依頼していたようだ。

私は事前に月天子から「これまでとちがう作戦に出ます。どうか、わたくしを信じていてください」とだけ聞いていた。

詳細は耳にしていなかったのだ。そのためどれが月天子の作戦で、どれが実際に起こった事件なのか判断がついていなかった。

なんとか成功したのは、私が作戦を詳しく知らなかったからだろう。

芹妃を始めとする役者みたいに、演技なんてできなかっただろうから。私の心からの恐怖が、瞬太監の尻尾を摑むきっかけとなったのかもしれない。

事件は解決した。私達はお役御免となったわけである。


事件から一週間後――竜胆宮から出ていくようにと、皇后から命じられた。

あまり多くない私物を実家から持ってきた鞄に詰めていく。ひーちゃんと小鈴が手伝ってくれた。金華猫は高みの見物である。

「いやはや、本当に酷い目に遭った」

「本当よ」

こればかりは、金華猫も同意してくれた。長きにわたって記憶と力を封じられていたようだが、瞬太監が土蜘蛛になったのをきっかけに取り戻したようだ。

「あやかしの形態になると、繊細な術式の制御ができないのでしょうね。すぐに解けたわ」

「なるほど、そういうわけだったんだ」

だからといって、彼女らが変わることはない。これまでどおり、私のそばにいてくれるようだ。

「仕方がないから、あなたのしょぼい人生に付き合ってあげるわよ」

「ひーちゃんも、しおんといっしょ！」

「私も、紫苑様にどこまでもお供します」

「うう……。みんな、ありがとう。これからもよろしくね」

月天子とは事件以来、話をしていない。元から、気安く話せるような相手ではなかったのだろう。別れも寂しくなるだろうから、これでいいのだ。

さて、そろそろ帰ろうか。荷物を背負った瞬間、女官がやってくる。

「皇帝陛下より、参上するよう命令がございました」

「さ、さようでございましたか」

いったいなんの用事なのか。帰ろうと強く決意した心が、削がれてしまった。

向かった先は以前裁判をした広場。相変わらず兵士がずらりと並び、皇帝、皇后、両陛下が威厳たっぷりな様子で跪く私を見下ろしている。

以前と異なる点は、背後に佇む瞬太監がいないところか。あと、月天子がいない。

どこにいったのかと考えていたら、隣に誰かが跪く。

「え!?」

「紫苑、久しいですね」

「そ、そうですね」

女装姿でない月天子が隣にいたので、落ち着かない気持ちになる。ドキドキと胸が忙しなく高鳴った。

「紫苑、どうして敬語なんですか?」

「わからない、です」

なぜ、私と並んで月天子まで跪いているのか。わからないまま、皇帝陛下が話し始めた。

「今回の人喰いあやかし退治においての働きは両者、見事なものだった。褒美を考えている。なにがいいか？」

皇帝陛下は私のほうを見た。なんでも褒美を望んでいいらしい。

私の願いはただひとつ。

「あの、お金がなくて、命を落とすような人達を救ってください」

「それだけ、か？」

「はい！」

これまでの私は金がなによりも大事だと思っていた。失っても、金だけは戻ってくると。けれども、今回帝都にやってきて、そうではないと気づいた。

与えられた愛は、ずっと私の心に在り続ける。金のように失うことなどないのだ。だから私は月天子への愛を胸に故郷に戻る。一生、宝物のように大事にしたい。

「次に月天子。願いを申してみよ」

「皇帝陛下、褒美はなんでもよいのですね？」

「朕《ちん》に叶えられるものならば、なんでもよい」

月天子はいったいなにを願うのか。常に禁欲的だった彼の発言に、耳を傾ける。

「では、わたくしは紫苑を妻にすることを願います」

「は？」

目が点となり、月天子のほうを見る。彼はまっすぐ皇帝陛下に視線を向けていた。

「皇帝陛下、どうか、叶えていただけないでしょうか？」

危うく、叫びそうになった口を塞ぐ。

「あいわかった。陽紫苑は、月天子、そなたの妻と認めよう」

「ありがとうございます！」

しばし呆然としていたが、月天子が深々と頭をさげているのに気づき、私も続けて平伏した。

謁見を終えると、月天子は私の手を摑んで走り始めた。そのままの勢いで馬車に乗り、辿り着いた先は月天子の庭である。

桃の花が満開だった。いつの間にか、春が訪れていたようだ。

強い風が吹いて、桃の花びらが舞った。それと同時に月天子が振り返る。

「紫苑、そういうわけですのでわたくしの妻になっていただけますか？」

「え、あ、ど、どうして!?」

「わたくしの気持ちが伝わっていなかった、ということでしょうか？」

「が、月天子の、気持ち!?」

月天子は片膝をつくと、私の手を両手で優しく包み込み、愛おしそうに頰を寄せた。

「わたくしは、あなたを心から愛しているのです。紫苑、あなたはどうですか？」

「私は――、私も、月天子を、愛しているのだと、思う」

「よかった」

彼は優しくそう言い、私の手の甲にそっと口づけを落とす。手が、ありえないほど熱いような気がした。

「紫苑はきっと、わたくしと同じ方向を向いてくれると、信じておりました」

それは以前、月天子が私に訴えた言葉だった。どうやら求婚のつもりだったらしい。

「あ、あの言葉、そういう意味だったの!?」

「ええ。気づいていないだろうなと思っておりましたが、言質が欲しくて」

「う、うわー」

たぶん、私は一生、彼の手のひらでころころと転がされるのだろう。

それでもいいと思った。月天子が信じる道は、絶対にまちがったものではないから。

「紫苑、ふつつか者ですが、どうぞよろしくお願いいたします」

「月天子、それは私の台詞！」

信じられない、私が月天子の妻になるなんて。もちろん、金華猫やひーちゃん、小鈴も家族として受け入れられた。

「陽家が皇族であることを、陛下から聞いたようですね」

「あ、うん」

瞬太監から聞かされていたものの、いまいち信用できずにいたのだ。皇帝陛下は教えてくれた。陽家こそが直系の皇族であると。

「なんでも邪龍に支配されていた時代、陽家は皇族だった記憶を奪われ、後宮の御用聞きをしていたようなのです」

事件が解決したあと、陽家の者は即位を辞退。皇帝としてふさわしい玉家の者に玉座を託したらしい。

「だから、未来の皇帝陛下だって私が言ったときに、表情が暗くなったんだ」

「ええ。本来ならば、陽家の方々が皇位を継がなければならないのに、という気持ちがありましたので」

月天子は皇帝になるつもりはないかと、私に尋ねる。

「器じゃないよ」

「ですが、皇帝になるべきなのは紫苑のほうなのです」

「私は皇帝になるよりも、皇后として月天子を支えたい。ダメかな?」

月天子は涙を浮かべ、頷いた。

しばし見つめ合う。それだけの時間が、どうしようもなく愛おしい。

月天子は私をそっと引き寄せ、優しく口づけする。満たされた気持ちが、一気にこみあげてきた。

私の初恋は、実ってしまったわけである。

人生、なにが起こるかわからない。ひしひしと痛感しているところだ。

皇太子妃として彼とともに生きる日々を、私は幸せに思う。
桃の花吹雪が起こった。なんて美しい光景なのか。
花びらがはらり、はらりと舞い降りる様子を、月天子といつまでも眺めていた。

主な参考文献

『すぐ作れる果実酒・薬酒百科』　大海淳著　主婦と生活社
『温めも　デトックスも　いつもの飲み物にちょい足しするだけ！　薬膳ドリンク』　小林香里著　薬日本堂監修　河出書房新社
『薬膳お菓子―季節と身体によりそうお菓子作り』　辰巳洋著　大村和子著　緑書房
『中華小菓子：身体がよろこぶ小さくてかわいい甘味の楽しみ』　パンウェイ著　誠文堂新光社

本書は書き下ろしです。

七十《しちじゅう》二《に》候《こう》ノ《の》国《こく》の後宮《こうきゅう》男装妃《だんそうひ》

女装皇太子《じょそうこうたいし》ともふもふ達《たち》と力《ちから》を合《あ》わせて 後宮《こうきゅう》の事件《じけん》を解決《かいけつ》します

江本《えもと》マシメサ

2022年2月5日初版発行

発行者……千葉 均

発行所……株式会社ポプラ社

〒102-8519 東京都千代田区麹町4-2-6

フォーマットデザイン 荻窪裕司(design clopper)

組版・校閲 株式会社鷗来堂

印刷・製本 中央精版印刷株式会社

落丁・乱丁本はお取り替えいたします。

電話(0120-666-553)または、ホームページ(www.poplar.co.jp)のお問い合わせ一覧よりご連絡ください。
※電話の受付時間は、月～金曜日、10時～17時です(祝日・休日は除く)。

ポプラ文庫ピュアフル

ホームページ www.poplar.co.jp

N.D.C.913/331p/15cm
ISBN978-4-591-17254-4
P8111329

おいしい料理で、妃の病を治す!?

江本マシメサ

『七十二候ノ国の後宮薬膳医

見習い陶仙女ですが、もふもふ達とお妃様の問題を解決します』

装画：きのこ姫

見習い仙女は百年間、人間界で人を幸せにしながら徳を積むと一人前になれる。桜桃香は陶器の『声』を聞く修行中の陶仙女で、七十二候ノ国にて満腹食堂を営んでいた。常連で後宮の御用聞きでもある陽伊鞘に助けられるが、料理の腕を見込まれ、後宮付きの薬膳医になる羽目に。さらに、後宮に入るためには伊鞘と契約結婚する必要があって？　もふもふの仲間達と王妃達の病を治すために奮闘する、中華風後宮ファンタジー！

ポプラ文庫ピュアフルの好評既刊

帝都にはびこるのは鬼かあやかしか？
魔眼を持つ契約花嫁が大奮闘！

江本マシメサ
『帝都あやかし屋敷の契約花嫁』

装画：鴇間

大正時代、名家・久我家は当主の失脚により没落。御嬢様だったまりあは許嫁に婚約破棄され、下町のあばら家に住んでいる。そんな彼女が孔雀宮の夜会で出会ったのは、日本有数の名家である山上家の装二郎。しかし山上家には、帝都にはびこり夜な夜な事件を起こすあやかしを匿っているという不穏な噂があり、豪奢な住居もあやかし屋敷と呼ばれていた。両親への援助を条件にまりあはそこに嫁ぐことになって……？

舞台は長崎！　七ツ星稲荷神社の狐像が消えた!?

江本マシメサ

『見習い神主と狐神使のあやかし交渉譚』

装画：Laruha

七ツ星稲荷神社で見習い神主として家業を手伝う水主村勉——通称トムはどこにでもいる普通の高校生。だが、「わし、狐だったんや」という言葉を遺して亡くなった祖父のせいで、トムの平和な日常は脅かされることになる。ある晩、トムがあやかしと呼ばれる不可解な存在に襲われかけたとき、不思議な雰囲気の少女に出会う。彼女は神社入り口にあるペアの狐像の片割れだと言ってきて——。謎の事件に見習い神主とケモミミ神使が挑む！

一迅社のWEBマンガ新レーベル
「comic HOWL」が創刊！
comic HOWL ハウル
ハートを共鳴《な》らせ。
政宗くんのリベンジ -engagement-
原作：竹岡葉月　漫画：Tiv
©竹岡葉月・Tiv／一迅社
一年に一度しか会えない君の話。
原作：佐野徹夜　漫画：伊緒直道
©佐野徹夜・伊緒直道／一迅社
ド屑
原案・監修：なきそ　漫画：ゆめみつき
©なきそ・ゆめみつき／一迅社
探偵AIの
原作：早坂吝
『探偵AIのリアル・ディープラーニング』／新潮文庫nex
漫画：レム　キャラクター原案：VOFAN
©レム／一迅社　© Yabusaka Hayasaka
原曲・監修：てにをは　漫画：ふじた
©てにをは・ふじた／一迅社
シカバネーゼ
原案・監修：jon-YAKITORY
脚本・構成：貫徹　漫画：頼間リヨ
©貫徹・頼間リヨ／一迅社　©シカバネーゼ
変な家
原作：雨穴（飛鳥新社刊）　漫画：綾野暁
© 雨穴・綾野暁／一迅社
君のためのカーテンコール
原案：さとうしほ　漫画：恵茂田喜々
©さとうしほ・恵茂田喜々／一迅社
ヴァンパイア
原作・監修：DECO*27　漫画：やもり四季。
©やもり四季。／一迅社　©DECO*27　©OTOIRO　©CFM
27時のシンデレラ
原作：ぎどれ　漫画：てぐれ
©ぎどれ・てぐれ／一迅社
君に恋をするなんて、ありえないはずだった
原作：筏田かつら（宝島社刊）　漫画：猫井ヤスユキ
©筏田かつら・猫井ヤスユキ／一迅社
きさらぎ異聞
原作：x0o0x_　漫画：筒井いつき
©x0o0x_・筒井いつき／一迅社
水曜日更新！
“今”ドキドキできるものが詰まった
エモーショナルなWEBマンガ誌!!
https://ichijin-plus.com/howl
オルターエゴ Alter Ego
原案・監修：Misumi　漫画：珊十五
©珊十五／一迅社
©2019 KAMITSUBAKI RECORD / THINKR INC.
たゆたう煙は掴めない
原作：しめさば　漫画：majoccoid
©しめさば・majoccoid／一迅社

ヴァンパイア

2024年 4 月1日 初 版 発 行
2024年10月8日 第 2 刷発行

著　　者　江坂 純
原作・監修　DECO*27
担当編集　鈴木海斗・加藤千彩
発 行 者　野内雅宏
発 行 所　株式会社一迅社
〒160-0022
東京都新宿区新宿3-1-13
京王新宿追分ビル5F
株式会社一迅社
電話:03-5312-6131(編集部)
電話:03-5312-6150(販売部)
発売元:株式会社講談社
(講談社・一迅社)
印刷・製本　大日本印刷株式会社
D T P　株式会社KPSプロダクツ
装　　幀　安藤公美(井上則人デザイン事務所)

ISBN 978-4-7580-2670-3

Format design:Kumi Ando(Norito Inoue Design Office)